Bernardo Kucinski

# K.

**oder**

# *Die verschwundene Tochter*

Aus dem brasilianischen Portugiesisch von Sarita Brandt

ROMAN : **TRANSIT**

*Ich erzähle Ihnen genau, was ich weiß und Sie nicht wissen;*
*aber hauptsächlich möchte ich das erzählen, wovon ich nicht weiß, ob ich's weiß,*
*und was Sie vielleicht wissen.*
João Guimarães Rosa, Grande Sertão: Veredas

*Es ist nicht der Schmerz, schon nicht mehr glauben zu können,*
*Der auf mir lastet, und auch nicht der, nicht zu wissen,*
*Sondern nur der vollkommene Horror,*
*Das Mysterium von Angesicht zu Angesicht geschaut zu haben,*
*Es geschaut und verstanden zu haben in all*
*Seiner Unendlichkeit als Mysterium.*
Fernando Pessoa, O mistério do mundo

*Ich zünde an die Geschichte*
*und lösche mich aus.*
*Am Ende dieser Schriften werde ich*
*erneut ein Schatten sein ohne Stimme.*
Mia Couto, Terra Sonâmbula

## Inhalt

*Alles in diesem Buch ist erfunden, doch fast alles ist geschehen.*

## Briefe an die unbekannte Adressatin

Von Zeit zu Zeit stellt mir die Post unter meiner alten Adresse ein Schreiben der Bank zu, das für sie bestimmt ist; immer das verlockende Angebot eines Produkts oder einer Finanzdienstleistung. Das letzte enthielt eine neue Kreditkarte, gültig auf allen Kontinenten, ideal zum Buchen von Hotelzimmern und Flügen; all das, worauf sie heute ein Anrecht hätte, wäre ihr Leben nicht unterbrochen worden. Einfach unterschreiben und in dem frankierten Umschlag zurücksenden, hieß es im letzten Brief.

Der Anblick ihres Namens auf dem Kuvert löst stets tiefe Betroffenheit in mir aus: Wie ist es möglich, immer wieder Briefe an einen Menschen zu verschicken, den es seit mehr als drei Jahrzehnten nicht mehr gibt? Ich weiß, dass es sich nicht um böse Absicht handelt. Die Post und die Bank wissen nicht, dass es die Adressatin nicht mehr gibt; der Absender verbirgt sich nicht, im Gegenteil, er stellt sich stolz unter einem ansprechenden Logo dar. Sie, die Bank, ist der Inbegriff des Systems, einer in Marmor gehauenen falschen Solidität; die Bank, die Kundengeschäfte nicht mit Gesichtern und Menschen betreibt, sondern mit Computerlisten.

Die Adressatin wird das Angebot niemals wahrnehmen, auch wenn keine Jahresgebühr anfällt, auch wenn sie Meilen sammeln und Zugang zu den VIP-Lounges der Flughäfen haben kann, all das, was sie haben könnte, aber nicht haben wird, all das, was es, als es sie gab, kaum gab und das ihr nun, da es sie nicht mehr gibt, angeboten wird; das Verlustinventar eines Lebensverlustes.

Als ob die Briefe die versteckte Absicht hegten, zu verhindern, dass ihr Andenken in unseren Gedanken zur Ruhe kommt; als ob man uns aufgrund der Vernichtung ihres toten Körpers nicht nur die therapeutische Wirkung der Trauer verwehrt hätte, der Briefträger vielmehr ein Dybbuk wäre, dessen Seele keine Ruhe findet und der uns der Schuld und Unterlassung bezichtigt. Als ob man über den unnötigen Tod hinaus unser nötiges Leben zerstören wollte, dieses Leben, das fortbesteht und das uns von Kindern und Enkeln abverlangt wird.

Wieso an meine alte Adresse? Ich malte mir aus, dass sie in einem dieser unsicheren Momente, in denen es um Flucht, Verstellung, abruptes Abbiegen an Straßenecken ging, der Bank meine Anschrift gegeben hatte, um nicht andere, zutreffende, wenn auch geheime, preiszugeben; ich fragte mich, in welchem Stadium der heraufziehenden Tragödie dies wohl geschehen war, welche Adresse oder Adressen, im Plural, sie damals hatte, denn wie ich später erfuhr, waren es viele, in der Annahme, somit das Schicksal überlisten zu können.

Es handelte sich in der Tat nie um ein Heim, einen Ort, wo man Kinder großzog und Freunde empfing; es waren Antiheime, Katakomben, in denen man sich verstecken konnte, monatelang, wie die Christen in Rom, oder aber nur wochen- oder tagelang, bis einer geschnappt wurde und die Flucht, die hektische Suche nach einem neuen Versteck von vorne begann.

Möglicherweise war das der Grund, weshalb sie nicht ihre damalige Geheimadresse angegeben hatte, sondern die Adresse des Hauses, in dem ich, meine Frau und meine Kinder dreiunddreißig Jahre lang gelebt haben; die Adresse, unter der heute mein ältester Sohn und mein Enkel wohnen, unter der ich mein Büro habe, meine Frau ihren Gemüsegarten hat und ihr Atelier und mein Enkel seine zwei kleinen Hunde und sein Spielzeug.

Erst dann begriff ich, dass, hätte ich das Haus verkauft, wie ich es so oft beabsichtigt hatte, mir die Bezugspunkte der Hälfte meines Lebens verloren gegangen wären. Erst dann habe ich meinen ältesten Sohn verstanden, der nein gesagt hat, dieses Haus darf niemals verkauft werden. Für ihn ist dieses Haus der Ort, der die Gesamtheit seiner Erinnerungen birgt.

Doch es war anders gekommen. Dieses Haus hatte sie nie kennen gelernt. Ich rechnete zurück und kam zu dem Schluss, dass sie bereits sechs Jahre lang verschwunden war, als wir diese verwohnte Behausung von portugiesischen Einwanderern gekauft haben. Nein, sie war nie in unserem Haus gewesen. Sie ist nie die steilen Treppenstufen des Vorgartens hinauf gestiegen. Hat nie meine Kinder kennen gelernt. Konnte nie die Tante ihrer Nichten und Neffen sein. Vor allem diese Auswirkung all dessen, was geschehen ist, hat mich immer besonders schmerzhaft berührt.

Wenn dies nicht ihre Anschrift war, wer hat sie dann dem Regime in die Hände gespielt? Schleierhaft. Wieso klebte ihr Name an meiner Adresse in diesem nebulösen Internet, in dem niemals etwas gelöscht wird? Das Wahrscheinlichste ist, dass ich selbst Name und Anschrift zusammengebracht habe; ob es geschah, als ich die Vermisstenanzeige aufgab? Als ich den Anwalt beauftragte, sich um ihren Nachlass zu kümmern? Oder als ich die

Universität aufforderte, diese erbärmliche Entlassung wegen versäumter Pflichterfüllung rückgängig zu machen? Ich werde nie herausfinden, wann es passiert ist. Ich weiß nur, dass die Briefe an die abwesende Adressatin weiterhin eintreffen werden.

Der Briefträger wird nie erfahren, dass die Empfängerin nicht existiert; dass sie von der Militärdiktatur entführt, gefoltert und ermordet wurde. Ebensowenig wie es im Vorfeld derjenige, der die Briefe sortiert, und all seine Kollegen erfahren werden. Als wolle er Authentizität bezeugen, wird der Name auf dem frankierten und abgestempelten Umschlag das graphische Zeichen nicht eines Versehens oder Computerfehlers sein, sondern das einer landesweiten Alzheimererkrankung. Ja, das Fortbestehen ihres Namens im Verzeichnis der Lebenden wird paradoxerweise aus dem kollektiven Vergessen des Verzeichnisses der Toten resultieren.

São Paulo, den 31. Dezember 2010

## Vom Strudel des Systems erfasst

Die Tragödie hatte bereits unaufhaltsam ihren Lauf genommen, als K. an jenem Sonntagmorgen zum ersten Mal diese Angst verspürte, die ihn bald nicht mehr loslassen sollte. Seit zehn Tagen hatte seine Tochter nicht mehr angerufen. Später sollte er die Schuld der Vernachlässigung von Familienritualen zuschreiben, die einzuhalten erst recht notwendig war in schweren Zeiten: einmal am Tag telefonieren, das sonntägliche Mittagessen. Die Tochter kam mit seiner zweiten Frau nicht zurecht.

Und wie konnte einer wie er, gezeichnet von den politischen Umständen, die Augen verschließen vor dem Aufruhr der neuen Zeit? Wer weiß, vielleicht wäre alles anders gekommen, wenn er, anstatt sich mit seinen jiddischen Schriftstellern zu befassen, mit dieser toten Sprache, die nur noch von wenigen Greisen gesprochen wird, dem, was damals im Land geschah, mehr Aufmerksamkeit geschenkt hätte? Wer weiß? Wozu war das Jiddische gut? Zu gar nichts. Eine Kadaversprache, das war es, was sie in ihrem allwöchentlichen Literaturkreis beklagten, anstatt sich um die Lebenden zu kümmern.

Den Sonntag verband er mit seiner Tochter seit der Zeit, als er ihr immer kleine Geschenke vom Straßenmarkt mitgebracht hatte. Plötzlich fielen ihm einige Gerüchte vom Tag zuvor im Stadtviertel Bom Retiro ein; zwei Medizinstudenten seien verschwunden, einer stamme aus einer reichen Familie, erzählte man. Das habe mit Politik zu tun, hieß es, mit der Diktatur, wäre kein Fall von Antisemitismus. Es seien auch andere, Nichtjuden, verschwunden, deshalb habe die Gemeinde beschlossen, sich nicht einzumischen. So das Gerücht, vielleicht stimmte es ja gar nicht; denn die Namen der jungen Männer wurden nicht erwähnt.

Es war das Gemunkel, das ihn unruhig stimmte, nicht der Sonntag. Den ganzen Tag über wählte er eine Telefonnummer, die seine Tochter ihm gegeben hatte, für den Notfall, einsam verhallte das Klingeln. Ohne eine Antwort, nicht einmal zu später Nachtstunde, wenn sie zurück sein müsste, selbst wenn sie ins Kino gegangen wäre, was sie so gern tat, beschloss er, sie am nächsten Tag in der Universität zu besuchen.

In dieser Nacht träumte er, er wäre noch klein und die Kosaken stürmten die Schuhmacherei seines Vaters, damit er ihnen Stiefelgamaschen nähte. Erschrocken fuhr er hoch, es war noch früh. Die Kosaken, erinnerte er sich, waren ausgerechnet an Tisha B'Av gekommen, diesem Trauertag für das jüdische Volk, der die Zerstörung des ersten und des zweiten Tempels und auch die Vertreibung aus Spanien beklagt.

Ohne zu wissen, was ihm bevorstand, wenngleich von einer Ahnung erfüllt, und ohne seine Frau zu wecken, fuhr er den Austin aus der Garage und machte sich auf den Weg in Richtung Universitätscampus, ein fern gelegenes, flaches Gelände gegenüber dem dichten Gestrüpp der Hochhäuser. Er fuhr langsam, ließ sich Zeit, um das Stadtzentrum zu durchqueren, so, als wolle er niemals ankommen; seine Gefühle schwankten zwischen der Überzeugung, sie ganz normal an ihrem Arbeitsplatz anzutreffen und dem Gegenteil davon. Schließlich erreichte er den Gebäudekomplex der Chemischen Fakultät, wo er ein einziges Mal gewesen war, vor Jahren, als seine Tochter ihre Dissertation verteidigt hatte, ihr gegenüber eine Gruppe von Professoren mit strenger Miene, die ihr Studium zum Teil noch in Deutschland absolviert hatten.

Sie ist heute nicht gekommen, sagten ihre Freundinnen. Sie schienen unschlüssig, warfen sich verstohlene Blicke zu. Dann, als hätten sie Angst vor der Hellhörigkeit der Wände, führten sie K. in den Garten, um mit ihm zu reden. Dort eröffneten sie ihm, dass sie seit elf Tagen nicht mehr erschienen sei. Doch, ganz sicher, seit elf Tagen, wenn man das Wochenende mitzählt. Sie, die nicht ein einziges Mal ihren Unterricht versäumt hat. Sie sprachen leise, ohne die Sätze zu beenden, als verberge jedes einzelne Wort tausend andere, die auszusprechen verboten war.

Unzufrieden, aufgewühlt, wollte K. noch weitere Meinungen einholen – wer weiß, vielleicht hatten ja ihre Vorgesetzten irgendwelche Informationen? Wenn sie einen Unfall erlitten hätte und im Krankenhaus läge, hätte man doch sicher die Universität verständigt. Die Freundinnen zeigten sich besorgt. Bitte, tun Sie es nicht. Erst einmal nicht. Um ihn davon abzubringen, versuchten sie zu beschwichtigen, vielleicht war sie ja verreist, hatte sich aus reiner Vorsicht für ein paar Tage zurückgezogen? Unbekannte haben nach ihr gefragt, wissen Sie. Auf dem Campus sind suspekte Gestalten aufgetaucht. Sie notieren sich die Autokennzeichen. Sie sind im Rektorat. Was heißt *sie*? Die Mädchen blieben die Antwort schuldig.

Dazu überredet, die Dienststellen der Universität zu meiden, verließ K.

verzweifelt den Campus und fuhr zur Rua Padre Chico, wo er eine Hausnummer suchte, die seine Tochter ihm vor Zeiten gegeben hatte mit der Anweisung, sie unter dieser Adresse nur im äußersten Notfall aufzusuchen und nur, wenn sie nicht ans Telefon ginge. Wie absurd, dass er nicht nachgefragt hatte, was »nur im äußersten Notfall« und »nur wenn sie nicht ans Telefon ginge« zu bedeuten habe. Wo hatte er nur seinen Kopf gehabt, großer Gott?

Es handelte sich um ein zweistöckiges, der Straße zugewandtes Reihenhäuschen, eingezwängt zwischen zehn anderen der gleichen Bauart. Eingestaubtes Werbematerial und Zeitungen vor der Haustür zeugten von einer längeren Abwesenheit der Bewohner. Niemand meldete sich auf sein drängendes Klingeln.

Nun war das Unglück also geschehen. Was tun? Seine beiden Söhne in der Ferne, im Ausland. Seine zweite Frau völlig unfähig. Die Freundinnen an der Universität in Panik. Der alte Herr fühlte sich niedergeschlagen. Sein Körper schien ihm schwach, leer, als würde er zusammenbrechen. Seine Gedanken in hellem Aufruhr. Auf einmal ergab nichts mehr Sinn. Eine einzige Tatsache drängte sich in den Vordergrund, machte alles, was nicht damit zusammenhing, nichtig, ließ alles andere obsolet erscheinen: die konkrete Tatsache, dass seine geliebte Tochter seit elf oder mehr Tagen verschwunden war. Er fühlte sich sehr allein.

Er stellte Hypothesen auf. Vielleicht ein Unfall oder eine schwere Krankheit, über die sie nicht hatte sprechen wollen. Die schlimmste von allen wäre die Verhaftung durch die Geheimdienste. Der Staat hat weder Gesicht noch Gefühle, er ist undurchsichtig und pervers. Sein einziger Sehschlitz ist die Korruption. Doch manchmal wird selbst dieser aus übergeordneten Gründen geschlossen. Dann verdoppelt der Staat seine Bösartigkeit – aufgrund seiner Grausamkeit und seiner Unerreichbarkeit. Das kannte er sehr wohl.

K. erinnerte sich an Szenen aus der jüngsten Vergangenheit, an die Nervosität seiner Tochter, ihre Vorwände, diese Eigenart, schnell mal vorbeizuschauen und schon wieder auf dem Sprung zu sein, diese Adresse für den äußersten Notfall und das Verbot, sie an jemanden weiterzugeben. Verwirrt stellte er fest, welch enormer Selbsttäuschung er erlegen war, hinters Licht geführt von der eigenen Tochter, die vielleicht in die gefährlichsten Abenteuer verwickelt war, von denen er in seiner Zerstreutheit nichts ahnte, abgelenkt durch seine Leidenschaft für die jiddische Sprache, leichtfertig verzaubert von den literarischen Treffen.

Ach, und die Fehlentscheidung, mit dieser deutschen Jüdin die Ehe einzugehen, nur weil sie Kartoffeln kochen konnte. Seine verdammten Freunde, die ihm eingeredet hatten, zum zweiten Mal zu heiraten. Jawohl, verdammt sollten sie sein, alle miteinander. Er, der niemals fluchte, der die Menschen akzeptierte und so nahm, wie sie waren, hatte sich nicht mehr in der Gewalt und ließ eine Schimpfkanonade los. Er ahnte das Schlimmste.

Sein Freund, der Schriftsteller und Anwalt, empfahl ihm am Telefon, sich an die Vermisstenstelle der Polizei zu wenden, wenn es auch zu nichts führen würde, er müsse seiner formellen Pflicht als Vater nachkommen. Er diktierte ihm die Adresse der Polizeidienststelle in der Rua Brigadeiro Tobias. K. sprach ihn auf das Verschwinden von zwei jüdischen Medizinstudenten an. Ja. Es stimmte. Eine der Familien hatte bereits Kontakt zu ihm aufgenommen. Und was würde er unternehmen? Nichts. Bei politisch motivierten Verhaftungen war es den Gerichten untersagt, Habeas-Corpus-Gesuche anzunehmen. Da gibt es nichts, was ein Rechtsanwalt tun kann. Nichts. Das ist die Sachlage.

Auf der Polizeiwache stellten sie dem Alten nur wenige Fragen. Bei den meisten vermissten Personen handele es sich um Jugendliche, die vor betrunkenen Eltern und prügelnden Stiefvätern flohen. K. erklärte, dass seine Tochter Dozentin an der Universität war, einen Doktorgrad besaß, finanziell unabhängig war und allein lebte. Sie hatte ihr eigenes Auto; könnte es vielleicht etwas Politisches sein?

Er wollte dem Polizeikommissar gegenüber nicht zu sehr ins Detail gehen, die Frage nur im Raum stehen lassen. Deshalb gab er ihm auch nicht die Adresse der Rua Padre Chico, nannte seine eigene Anschrift als die ihre und die Anschrift seines Ladens als die seine. Unmerklich kehrte K. zu vergessenen Gewohnheiten aus seiner konspirativen Jugendzeit in Polen zurück. Der diensthabende Kommissar war nicht angetan von dem Gespräch. Jede Einmischung in politische Fälle war ihm untersagt. Doch aus Mitleid nahm er die Anzeige entgegen. K. solle abwarten und nichts von Politik verlauten lassen.

Nach ihr suchen? Nein, die Polizei hatte alle Hände voll zu tun; eine Hochschuldozentin, über dreißig, erwachsen und für sich selber verantwortlich. Er möge abwarten, ein Rundschreiben mit Lichtbild ginge an sämtliche Polizeidienststellen. Falls er innerhalb von fünf Tagen keine Nachricht erhielte, könne er es bei der Gerichtsmedizin versuchen, wo die nicht identifizierten Leichen der Opfer von Verkehrsunfällen und anderen Unfällen eingeliefert wurden. Es klang verlegen.

So nahm das Schicksal des alten Vaters, dessen Verzweiflung von Tag zu Tag zunahm, der kaum noch Schlaf fand, seinen Lauf. Am zwanzigsten Tag, nachdem er ein zweites Mal erfolglos auf dem Campus und in der Padre Chico gewesen war, wandte er sich an seine Freunde vom Literaturkreis; an dieselben, die er, als seine Nerven blank lagen, verflucht hatte. Wer weiß, vielleicht kannten sie ja jemanden, der wiederum jemanden kannte – bei der Polizei, beim Heer, beim Geheimdienst oder wo auch immer in diesem System, das Menschen verschlang, ohne Spuren zu hinterlassen. Mit Ausnahme des Rechtsanwalts waren es arme Schlucker, die keine einflussreichen Leute kannten. Der Anwalt erwähnte vage einen Vorsteher der Gemeinde in Rio de Janeiro, der Zugang zu den Generälen hatte. Er würde versuchen, mehr in Erfahrung zu bringen.

K. zählte die Tage seit dem Verschwinden seiner Tochter und stellte Berechnungen an, auch ein Überbleibsel aus seiner Jugendzeit. Und es verging kein Tag, an dem er nicht versucht hätte, etwas für seine Tochter zu tun. Er konnte schon gar nichts anderes mehr tun. Um schlafen zu können, schluckte er Schlaftabletten. Nachdem fünfundzwanzig Tage vergangen waren, nahm er all seinen Mut zusammen und stattete dem Institut für Rechtsmedizin einen Besuch ab.

Er erzählte von dem unerklärlichen Verschwinden seiner Tochter, ohne das Wort Politik in den Mund zu nehmen. Er zeigte das Foto, auf dem sie mit feierlicher Miene ihr Diplom entgegennahm. Danach zeigte er ein zweites, auf dem sie anders aussah, abgemagert, mit leidendem Blick. Nein, die Angestellten brachten dieses Gesicht nicht in Verbindung mit den wenigen Frauenleichen, die in letzter Zeit eingeliefert worden waren, alles Schwarze oder Farbige. Fast alles Elendsfiguren. Um ehrlich zu sein, es ist bestimmt schon über ein Jahr her, dass ein nicht identifizierter weißer Frauenkörper in die Rechtsmedizin überführt wurde. Erleichtert verließ K. das Institut; die Hoffnung, dass sie noch am Leben war, blieb bestehen. Aber die Fotografien der Elenden und Unbekannten in dem Album deprimierten ihn. Nicht einmal zur Zeit des Krieges in Polen war er auf so übel zugerichtete Gesichter und vor Schreck geweitete Augen gestoßen.

Beharrlich begann er nun, Kunden, die in den Laden kamen, um ihre Raten abzuzahlen, Nachbarn aus seiner Straße und sogar Unbekannte anzusprechen. Ihnen allen erzählte er die Geschichte seiner Tochter. Und ihr VW Käfer ist auch verschwunden – unterstrich er. Die meisten hörten schweigend bis zum Ende zu, dann klopften sie ihm allenfalls auf den gebeugten Rücken und sagten: Es tut mir sehr leid. Einige wenige unterbrachen ihn schon am Anfang, gaben vor, einen Arzttermin zu haben oder Ähnliches – als ob bloßes Zuhören sie bereits in Gefahr brächte.

Am dreißigsten Tag nach dem Verschwinden seiner Tochter las K. in der Zeitung *O Estado de São Paulo* eine Nachricht, in der es, wenn auch auf indirekte Weise, um das Verschwinden politischer Oppositioneller ging. Der Erzbischof hatte ein Treffen »mit Familienangehörigen verschwundener politischer Oppositioneller« einberufen.

Genau so stand es da: »mit Familienangehörigen verschwundener politischer Oppositioneller«.

K. hatte noch nie ein katholisches Gotteshaus betreten, so fremd kamen ihm das stille Halbdunkel der Kirchen und die Heiligenbilder vor, auf die er hinter Türbögen einen Blick erhaschte. Dem Katholizismus begegnete er mit einer atavistischen Abscheu, zu der sich die Verachtung sämtlicher religiöser Praktiken, einschließlich der seines eigenen Volkes, gesellten. Im Grunde waren es nicht die Menschen und ihr Glaube, die er nicht mochte, es waren die Geistlichen, egal ob Pastor, Rabbiner oder Bischof; für ihn waren es Heuchler. Aber an jenem Nachmittag zählte nichts von alldem. Eine wichtige Persönlichkeit, ein Erzbischof, würde über die seltsamen Fälle verschwundener Menschen sprechen.

Als er den großen Saal des Erzbischöflichen Palais' betrat, spürte K., wie sehr das Verschwinden seiner Tochter ihn bereits verändert hatte. Er betrachtete wohlwollend die barocke Statue der Jungfrau Maria im Eingang und die Figuren von anderen, ihm nicht bekannten Heiligen, die in den Nischen standen. Als er ankam, hatte das Gespräch bereits begonnen. Mindestens sechzig der zahlreichen Stühle im Saal waren besetzt. Vier ernst dreinblickende Herren, die wie Rechtsanwälte aussahen, koordinierten das Ganze und saßen dem Publikum im Halbkreis frontal gegenüber; eine Nonne mit einem großen Heft vor sich führte Protokoll.

Es sprach eine sehr alte Dame, die die neunzig womöglich schon überschritten hatte, zart, klein, die Brille auf der Nasenspitze, das Haar schlohweiß; ihr Mann war am Grenzübergang Uruguaiana aus dem Exil zurückgekehrt, hatte den vorher verabredeten Treffpunkt auf der brasilianischen Seite der Grenze erreicht und war einfach verschwunden, ohne eine Spur zu hinterlassen, als habe er sich in Rauch aufgelöst oder als hätten Engel ihn in den Himmel entführt. Einer der Söhne versuchte, seine Schritte zurückzuverfolgen, suchte ihn in sämtlichen Krankenhäusern sowie auf den Polizeiwachen und Busbahnhöfen von Uruguaiana, doch nichts, nicht das geringste Zeichen. Der Sohn, der an ihrer Seite saß, bestätigte die Ausführungen.

Danach ergriff eine andere, so um die fünfzig Jahre alte Dame das Wort und stellte sich als die Ehefrau eines ehemaligen Parlamentariers vor. Zwei Polizeibeamte seien bei ihr zu Hause erschienen und hätten ihren Mann gebeten, mit ihnen aufs Revier zu kommen, um ein paar Fragen zu klären. Sorglos begleitete er sie, denn obwohl die Militärs ihn seines Mandats enthoben hatten, führte er ein normales Leben und arbeitete in seiner Anwaltskanzlei. Seitdem, also seit acht Monaten, war er nicht wieder gesehen worden. Auf dem Polizeirevier sagte man, er sei lediglich eine Viertelstunde dort gewesen und dann entlassen worden. Aber wie konnte das sein? Wie konnte er denn so sang- und klanglos verschwinden? Diese Dame, elegant gekleidet, war in Begleitung von vier Söhnen erschienen.

Weitere Berichte über ähnliche Fälle folgten. Alle wollten reden. Und sie wollten zuhören. Sie wollten verstehen. Vielleicht ergab sich ja aus der Gesamtheit der Fälle eine Erklärung, eine Logik, vor allem aber eine Lösung, eine Möglichkeit, dem Alptraum ein Ende zu bereiten. Eine junge Frau von knapp zwanzig Jahren bat darum, im Namen einer Gruppe, die sich um sie geschart hatte, sprechen zu dürfen: »die Familienangehörigen der verschwundenen Guerrillakämpfer des Araguaia«, sagte sie. K. hörte zum ersten Mal, dass jemand die Araguaia-Region erwähnte; er erfuhr, dass viele junge Männer und sogar einige Frauen mitten in den Wäldern des Amazonas von den Streitkräften festgenommen und an Ort und Stelle exekutiert worden waren.

Was diese Gruppe bei dem Treffen offenbarte, war unbeschreiblich. Das Heer gab vor, es sei nichts dergleichen geschehen, obwohl einer – ein einziger – der Gefangenen entkommen war und alles bezeugt hatte. Die Familien wollten ihre Toten begraben – sie wussten, dass sie nicht mehr am Leben waren, es seien mehr als fünfzig, berichteten sie. Sie wussten sogar, wo in etwa die Region lag, in der sie hingerichtet worden waren, doch die Militärs bestanden darauf, es seien keine Leichen zu übergeben.

Ein junger Mann traf sich mit seiner Frau im Conjunto Nacional zu einem gemeinsamen Mittagessen. Dies war das letzte Mal, dass die beiden gesehen wurden. Während sie sprach, zeigte die Mutter des jungen Mannes ihren Stuhlnachbarn die Fotos ihres Sohnes, ihrer Schwiegertochter und ihres kleinen Enkels. Ein Herr stand auf und sagte, er sei eigens aus Goiânia zu diesem Treffen angereist. Seine beiden Söhne, der eine einundzwanzig und der andere erst sechzehn Jahre alt, hatte man verschwinden lassen. Dieser Herr stotterte, schien an einer katatonischen Störung zu leiden. Er war der erste, der die Wendung »hatte man verschwinden lassen« gebrauchte. Auch er hatte Fotos seiner Söhne dabei. Nachdem er zu Ende gesprochen hatte, fasste K. Mut und erzählte seine Geschichte.

Es war bereits dunkle Nacht und die Berichte setzten sich fort. Die Szenarien, die Einzelheiten und Umstände waren unterschiedlich, doch die insgesamt zweiundzwanzig während des Treffens geschilderten Fälle verband ein und dasselbe erschreckende Merkmal: die Menschen verschwanden, ohne Spuren zu hinterlassen. Es war, als ob sie sich in Luft aufgelöst hätten. Dasselbe galt auch für die jungen Leute am Araguaia, obwohl man in ihrem Fall bereits wusste, dass sie tot waren. Die Nonne machte Notizen zu jedem einzelnen Fall. Sie sammelte auch die Fotos ein, die die Angehörigen mitgebracht hatten.

Entsetzt hörte K. zu. Sogar die Nazis, die ihre Opfer zu Asche verbrannt hatten, führten Buch über die Toten. Jeder Einzelne hatte eine eintätowierte Nummer auf dem Arm. Jeder Todesfall wurde registriert. Es stimmte, dass in den ersten Tagen des Überfalls auf Polen und danach Menschen abgeschlachtet wurden. Sie stellten sämtliche Juden eines Dorfes aufgereiht an den Rand eines Massengrabs, erschossen sie, schütteten Kalk darüber, danach Erde – das war's. Aber die *goyim* eines jeden Ortes wussten, dass man ihre jüdischen Mitbürger in diesem Loch verscharrt hatte, sie wussten, wie viele es waren und um wen es sich im Einzelnen handelte. Es gab nicht diese tödliche Ungewissheit. Es waren Menschen, die einer Massenexekution zum Opfer gefallen und nicht Menschen, die vom Strudel des Systems erfasst worden waren.

## Die Zelle fliegt auf

Draußen geht das Leben unbeirrt weiter: Frauen erledigen Einkäufe, Fabrikarbeiter gehen zur Arbeit, Kinder spielen, Bettler bitten um Almosen, Verliebte halten Händchen. Dort drinnen, in der kleinen Zweizimmerwohnung, gerät das Paar in Panik. Den beiden zittern die Hände, sie wissen nicht mehr, wohin damit. Das Gespräch ist von Schrecken geprägt, die Augen vermeiden den Blickkontakt. Sie schwitzen, der Geruch von Unglück liegt in der Luft. Das Auffliegen der Untergrundzelle an jenem Morgen lässt sich nur durch Verrat erklären. Es gibt einen Informanten unter ihnen, einen Verräter oder eingeschleusten Agenten, jemand, der von den wenigen, die übrig geblieben sind, ihnen beiden sehr nahe steht.

Es sind nicht mehr als zwei Stunden vergangen. Die Instruktionen sind klar und kategorisch: Fliegt eine Zelle auf, muss die schlimmste aller Möglichkeiten als wahrscheinlich angenommen werden, der Companheiro wird der Folter nicht widerstehen und irgendwelche Informationen preisgeben. Es gibt weder Zeit noch Ruhe für eine präzise Auflistung dessen, was der andere gewusst oder nicht gewusst hat. In diesem Fall, so lauten auch hier die Instruktionen, vom schlimmsten aller Fälle ausgehen – der andere hat über alles Bescheid gewusst.

Wie gut, dass er doppelt vorsichtig gewesen war. Oder hatte er schon einen Verdacht verspürt? Er hatte sich eine Stunde früher am Ende des Platzes an einer Stelle postiert, von der aus er beobachten konnte, ohne beobachtet zu werden. Er hatte mit angesehen, wie die Agenten, einer nach dem anderen, aufgetaucht waren und sich an den vier Ecken, im Zentrum und an den Seiten aufstellten. Es waren mindestens zehn.

Dann sah er, wie die Kontaktperson sich mit gesenktem Kopf, unsicherem Schritt und nervösen Bewegungen näherte. Er sah, wie er sich, wie vorab vereinbart, auf einer bestimmten Parkbank niederließ und die fünf Minuten abwartete, nie länger als fünf Minuten, so schreiben es die Sicherheitsregeln vor.

Er selbst wartete keine fünf Minuten. Was er gesehen hatte, war ausreichend. Eine Falle. Alles sprach dafür, dass der Verbindungsmann selbst sich als Köder entpuppte. Aber der Verräter konnte ein anderer sein. Er selbst war der Koordinator dieses Stadtgebiets. Das Regionalkommando war auch im Bilde über die Kontaktaufnahme zu der Untergrundzelle.

Was tun? Monate zuvor, als der Chef gefasst worden war, wäre die Lösung einfach gewesen. Es hätte genügt, die Niederlage zu akzeptieren und den Kampf einzustellen. Alles zurückziehen. Sich für andere, zukünftige Angriffe schonen. An diesem Vormittag gibt es schon keine einfache Lösung mehr, obwohl der Weg – der einzige Weg – der gleiche ist, weniger kompliziert als es scheint. Die Niederlage anerkennen. Das war's, Ende der Durchsage. Wir haben verloren. Der Kampf ist aus. Sämtliche Papiere verbrennen, Pläne ad acta legen, Spuren verwischen, alle Untergrundzellen meiden, keine Anrufe entgegennehmen, die Kontakte einstellen. Aber es sollten Jahrzehnte vergehen, bis die wenigen, die noch lebten, in der Lage waren einzuräumen, dass der einzige Ausweg darin bestanden hätte, die Niederlage zu akzeptieren.

Jetzt, in diesem Augenblick, eingesperrt und einsam in der Zweizimmerwohnung, sieht das Ehepaar diesen Weg nicht. Sie sind nicht dieser Ansicht. Sie befassen sich noch mit der Beurteilung der verschiedenen Gefahrengrade. Der aufgegriffene Companheiro kennt ihre Decknamen, er kann Informationsfragmente liefern, die zu Namen, Szenen, Orten, Daten führen. Sie versuchen, sich zu erinnern, ob sie die Sicherheitsregeln während des Telefonats eingehalten haben. Ja, bei dem Gespräch hatten sie einen Tag nach dem tatsächlichen Treffen sowie eine Stunde nach der tatsächlichen Zeit festgelegt. Immer einen Tag und eine Stunde später angeben, besagt die Sicherheitsnorm.

Sie dürfen keine Zeit verlieren. Es kann einen zweiten Verräter geben, der die Zelle hat auffliegen lassen. Einen, der ihnen in die Fänge geraten war und einen, der Verrat geübt hat. Entweder sind beide ein und dieselbe Person oder es handelt sich um zwei verschiedene Gefahrenquellen. In jedem Moment kann einer von ihnen sie ausliefern. Wenn sie schnell sind, können sie vielleicht die normale Hälfte ihres Lebens retten, besser, ihr Leben selbst.

Das Ehepaar hat gültige Papiere, stabile Arbeitsverhältnisse, Familien, Freunde, Väter und Mütter, Geschwister. Die eine Hälfte ihres Doppellebens, diejenige, die sich nicht im Untergrund abspielt, ist intakt. Es reicht aus, den geheimen Teil hinter sich zu lassen, ihn zu löschen – um dieses neuartig gebrauchte und so bezeichnende Wort der heutigen Zeit zu verwenden –, nicht aus Feigheit, sondern aus Weisheit. Um sich zu schützen. In der Niederlage überleben, das genau entspräche einem Sieg. Auch wenn es nicht möglich wäre, alles zu löschen, so bestünde doch immer noch der Ausweg, in einen Schlupfwinkel zu flüchten, sich auf einem Bauernhof, in einer Botschaft, im Erzbistum zu verstecken. Vorausgesetzt, sie standen zu der Niederlage, sie betrachteten den Kampf als beendet.

Aber die beiden bleiben ihrer Haltung treu. Ihr Handeln beruht nicht auf Einsicht. Nicht die Logik des politischen Kampfes leitet sie, sondern andere Logiken, vielleicht die der Schuld, der Solidarität oder der Verzweiflung. In einen kleinen Aktenkoffer legen sie die zwei falschen Pässe, eine schlechte Imitation, die Pläne für eine Aktion, die niemals stattfinden wird, denn der Krieg ist bereits verloren, einen Revolver und ein paar Patronen, die vielleicht gar nicht zu dieser Waffe passen, sowie den Ehevertrag, unterzeichnet in der Absicht, jeden von ihnen vor den Risiken des anderen zu bewahren.

In eine größere Tasche aus Segeltuch werfen sie die in mühsamer Kleinarbeit zusammengestellten Beweisstücke, die, die ihnen am wertvollsten erscheinen. Die Namensliste der 232 Folterer, die niemals für ihr Handeln bestraft werden sollten – selbst Jahrzehnte, nachdem sie wiederholt veröffentlicht worden war, selbst Jahrzehnte nach dem Ende der Diktatur –, die Manifeste der politischen Häftlinge, das Dossier der Folterungen, den für Amnesty International bestimmten Bericht. Und auch die Mappe mit den Zeitungsausschnitten über die Gewohnheiten und Tagesabläufe der Unternehmer, die die Folterzentren unterstützten. Sie wissen nicht, dass abgesehen von dem bereits Hingerichteten diese alle eines natürlichen Todes sterben werden, umgeben von ihren Kindern, Enkeln und Freunden, geehrt durch ihre Namen auf den Straßenschildern.

Und die zwei aus einem akademischen Zentrum entwendeten Thermokopierer? Die müssen sie zurücklassen. Sowie die Bücher, die unzähligen Bücher über Geschichte, marxistische Theorie und Wirtschaft, das Handbuch der Stadtguerilla von Marighella, das Buch von Régis Debray, die Lehrbücher von Marta Harnecker und die erstaunlichen Werke von Nietzsche, der die unabdingbare Willenskraft des Einzelnen gegen die herrschende Moral stellte.

Dort draußen geht das Leben weiter wie immer: das Bruttoinlandsprodukt steigt; die Frauen machen ihre Einkäufe; die Kinder spielen; die Bettler bitten um Almosen; die Verliebten küssen sich. Das Ehepaar kann einen Überlebensversuch starten, um den Kampf später, unter anderen Bedingungen, in einem anderen Zusammenhang, wieder aufzunehmen. Doch es kommt anders. Die letzte Maßnahme der beiden ist das Verbergen der kleinen Zyankalikapsel in einer Zahnlücke. Vor Zeiten haben sie den Schwur abgelegt, sich nicht lebend fassen zu lassen, damit sie unter der Folter nicht die Namen der Companheiros preisgeben. Die Zyankalikapseln kommen im Verhaltenskodex nicht vor.

## Die Informanten

Außer der Welt, die man sieht und die uns besänftigt mit ihren Grußformeln, guten Morgen, guten Tag, mit ihren Floskeln, wie geht's, alles in Ordnung?, gibt es eine andere, die nicht zu sehen ist, eine Welt der Obszönitäten und Widerwärtigkeiten. Der Nährboden für die Informanten. Wäre seine Tochter nicht entführt worden, hätte K. niemals diese andere Welt, die sich so dicht in seiner Nähe befand, wahrgenommen. Dennoch waren sie immer da gewesen, die im Verborgenen agierenden Informanten der Polizei. An erster Stelle der höfliche Caio mit dem blassen Teint und den feminin anmutenden Bewegungen, der seit Jahren immer die Ladenfenster dekorierte, sich leichtfüßig zwischen den Schaufensterpuppen hin und her bewegte, in den zusammengepressten Lippen die Stecknadeln, das sichtbare Handwerkszeug seines Metiers.

Sobald er erschien, um mit der Winterdekoration zu beginnen, sprach K. ihn an. Meine Tochter ist seit fünf Wochen verschwunden, sagt er. Seit fünf Wochen, wiederholt er, ohne dem »Wie geht's, alles in Ordnung?« Beachtung zu schenken. Er nimmt ihn mit in sein Refugium in den hinteren Räumen des Ladens. Zum Sitzen aufgefordert, lässt der Dekorateur den dramatischen Monolog des Alten über sich ergehen, der ständig vor ihm herumfuchtelt. Am Ende sagt Caio in mitleidigem Ton, es tut mir sehr leid. Und dann, kommen wir nun zu den Schaufenstern.

Nachdem er mit seiner Arbeit fertig ist, lädt der Dekorateur ihn zu einem Kaffee ein. In der Bäckerei, am Tresen stehend, verrät er ihm, dass er Freunde bei der Polizei hat. Wichtig ist, sagt er, dass sein Beruf ihn zu den Läden der Syrer im Stadtteil Brás führt, zu den Juden in Bom Retiro, den Deutschen in Brooklin Paulista; die Regierung ist sehr an diesen Ausländern interessiert. Sie sind über alles im Bilde. Er verspricht zu helfen. Er wird versuchen herauszufinden, ob die Tochter verhaftet wurde und, falls ja, wohin man sie gebracht hat.

Kaum zu glauben, Caio, ein Polizeispitzel. Verblüfft und bereitwillig schreibt K. den Namen und das Alter seiner Tochter auf eine Papierserviette. Dozentin des Fachbereichs Chemie der Universität São Paulo, fügt er hinzu.

Am nächsten Tag schaut Amadeu, der Besitzer der Bäckerei, im Laden vorbei. Er würde gern ein Hemd anprobieren. Der Portugiese und der Jude kennen sich seit zwanzig Jahren. Während er so tut, als begutachte er das Hemd, erzählt der Portugiese von der Bäckerei, wie anstrengend es ist, stundenlang auf dem Podest an der Kasse zu stehen. Nur so behält er den Überblick über die gesamte Bäckerei, sagt er. Er hatte das Geflüster Caios am Tresen bemerkt und war zu dem Schluss gekommen, dass es um die verschwundene Tochter ging, was in der Straße jedermann bekannt war.

Eine gute Bäckerei, fährt der Portugiese fort, ist nicht nur ein Ort, an dem man Brot kauft, es ist ein Club, ein Treffpunkt, wie die Dorfapotheken. Haben Sie eine Vorstellung, über was die Leute sich an meinem Tresen alles auslassen? Zweitausend Kunden kommen tagtäglich in meine Bäckerei und samstags und sonntags sind es über dreitausend. Die Bäckereien sind für die Polizei sehr nützlich, erklärte Amadeu. Er versichert, den Ort ausfindig zu machen, an dem sich die Tochter befindet, falls sie verhaftet wurde. Er bittet um Angaben zu ihrer Person und kehrt in seine Bäckerei zurück – ohne das Hemd mitzunehmen.

Wenn Caio und Amadeu Informanten sind, dann sind die Spione sicher überall, überlegt K. fassungslos. Es stimmte, dass, als er 1935 nach Brasilien kam, auf der Flucht vor der polnischen Polizei, seine Landsleute ihn auf die Spione von Präsident Getúlio Vargas aufmerksam gemacht hatten, »zey zaynen umetum«, sie sind überall, warnten sie ihn auf Jiddisch. Aber das war zur Zeit des Faschismus. Und nun waren die Spione schon wieder überall.

Oder sind sie immer überall gewesen? Langsam beginnt er zu glauben, dass sie immer überall gewesen sind; die Regierung konnte die Informationen verwenden oder auch nicht, aber die Informanten hatten nie aufgehört zu informieren. Wenn es sich um eine bösartige Regierung handelte, wie die von Getúlio Vargas, wurden sie verwendet; wenn sie gutartig war, wurden sie seltener verwendet. Denn hatte Getúlio nicht das Versteck von Olga Benario und vieler anderer ausfindig gemacht mit Hilfe von Informanten? Was er mit Olga gemacht hatte, war abstoßend.

Seine Überlegungen führten ihn schließlich zu dem Besitzer der Apotheke von Bom Retiro, einem jungen Mann, der sich mit seinen zwanzig Jahren als solch gewiefter Denunziant erwies, dass er bereits zu einer wichtigen Figur für die jüdische Bevölkerung von São Paulo geworden war. K. hatte den verstorbenen Vater gekannt, einen Chemiker, der in Wilna studiert hatte und die jiddische Literatur liebte. Er war voller Scham über seinen Sohn, den Spitzel, gestorben, obwohl dieser in der Gemeinde toleriert wurde, denn er half vielen Juden, die ohne Papiere vor der Naziherrschaft geflohen waren, und verlangte dafür wenig Geld; sobald sich ein Landsmann in einer brenzligen Situation befand, war er zur Stelle und handelte einen ehrenhaften Ausweg mit der Polizei aus. K. fragt sich, wieso er ihn nicht aufgesucht hat, als er die unerklärliche Abwesenheit seiner Tochter bemerkte.

Da rief Caio, der Dekorateur, an. Es stimmt, Ihre Tochter ist verhaftet worden. Das ist alles, was ich in Erfahrung bringen konnte. Übermorgen werde ich mehr wissen. Rufen Sie mich nicht an, ich melde mich bei Ihnen. Am selben Nachmittag erscheint ein Mitarbeiter von Amadeu und sagt Bescheid, die Bestellung sei fertig. K. begreift. Er begibt sich zur Bäckerei, und als gerade niemand an der Kasse steht, geht er hin und fragt, wieviel die Bestellung kostet. Amadeu flüstert: Sie wurde festgenommen, das ist alles, was ich weiß. In ein paar Tagen weiß ich mehr. K. frohlockt: Sie lebt; sie würden nicht sagen, dass sie verhaftet ist, wenn sie tot wäre. Die zwei haben dasselbe gesagt. Seine Erleichterung ist so groß, dass sie sich kaum in Worte fassen lässt. Jetzt heißt es abwarten, bis sie herausfinden, wo sie festgehalten wird.

Einige Tage später lässt ihn der Portugiese eines Vormittags rufen und raunt ihm zu, es habe eine Verwechslung gegeben, sie sei niemals verhaftet worden, niemals, unterstreicht er emphatisch. Der Portugiese wirkt erschrocken. Am gleichen Tag meldet sich Caio und sagt Wort für Wort dasselbe, so als wiederhole er eine Standardbotschaft. Es war ein Irrtum, sie ist nie verhaftet worden; nie, wiederholt er entschieden. Und legt auf, ohne die Antwort abzuwarten.

Wie diese neue Wendung interpretieren? Eine Farce, das war klar. Sie lügen. Eine derbe Farce. Sie lügen jetzt, nicht vorher, als sie gesagt haben, dass sie verhaftet wurde. K. fühlt sich schlecht; wieder dieses Gefühl der inneren Leere, er sinkt auf einen Stuhl. Es ist schon über fünf Wochen her. Er weiß, dass jeder einzelne Tag ohne eine Nachricht die schlimme Vorahnung verstärkt. Der Apotheker fällt ihm wieder ein. Er weiß nun, weshalb er ihn noch nicht aufgesucht hat: die Enttäuschung des Vaters über den Sohn als Spitzel hatte ihn angesteckt.

Früh am nächsten Morgen geht K. zur Apotheke. Der Informant erkennt ihn sofort, ihm scheint, K. sei plötzlich älter geworden. Er weiß bereits über die Entführung der Tochter Bescheid; ganz Bom Retiro weiß Bescheid. Er führt K. ins Hinterzimmer, wo die Spritzen verabreicht werden, und hört sich dort den bitteren Bericht des alten Juden an, dem ein neues Geheimnis hinzugefügt wurde: Wieso sagen sie zuerst, sie sei verhaftet worden, und dann streiten sie es ab?

Der Apotheker kennt den Grund, doch er sagt nichts. Er stellt allgemeine Betrachtungen an, wie ein Dozent, der eine Unterrichtsstunde hält, erklärt, dass viele junge Juden in subversive Angelegenheiten verwickelt sind, was beim Geheimdienst den alten Mythos des jüdischen Bolschewismus wiederbelebt hat. Die Gemeinde wurde in Schrecken versetzt und beschloss, eine Aufgabentrennung vorzunehmen, zumal auch die Regierung getrennt operiert; für die Subversion sind die Militärs zuständig, die Polizei leistet nur Hilfestellung. Er betete die alten Polizeigeschichten herunter, die Kommunisten der Casa do Povo, die Juden ohne gültige Papiere, die zionistischen Aktivitäten in Brasilien. Es sind andere, die sich mit den subversiven Elementen befassen; auf diesem Gebiet, betont er, ist nichts von dem, was in meiner Macht liegt, eine Hilfe: Freundschaft, Familie, einflussreiche Leute, geschuldete Gefallen, gar nichts.

Es gibt einen Rabbiner in São Paulo und ein führendes Gemeindemitglied in Rio de Janeiro, die Kontakt zu den Generälen halten. Doch so viel ich weiß, bringt es nichts. Damit Sie eine Vorstellung bekommen, nicht einmal Geld bewirkt etwas. Nicht einmal Geld – wiederholt er. Niemand kommt davon.

Der Apotheker kritzelt etwas auf ein Stück Papier und reicht es K., schließlich war der Mann mit seinem Vater befreundet gewesen: Vielleicht kann Ihnen der hier weiterhelfen, sagt er, es ist ganz in der Nähe, in einer Galerie, etwa hundert Meter weiter, auf der linken Seite. Sagen Sie nicht, wer sie geschickt hat.

Die Galerie ist schmal, über zwei Etagen verteilt. Jemand zeigt K. den Inhaber, einen Typen in Jeans und Sneakers. K. spricht ihn an und stellt sich hastig vor. Der junge Mann ist überrascht, hat sich aber schnell wieder in der Gewalt, fasst K. am Arm und führt ihn langsam hinaus auf die Straße; im Laden sei es so laut, bemerkt er, man verstehe kaum sein eigenes Wort. Draußen bedeutet er K. weiterzugehen, während er sagt: Der eine hört zu. K. hat den Eindruck, dass er Angst vor den Angestellten des Ladens hat. Die Freundinnen seiner Tochter fallen ihm ein, die ihn hinaus in den Garten gebeten hatten.

Sie gehen die José Paulino entlang bis ans Ende, dann kehren sie auf dem gegenüber liegenden Bürgersteig zurück. K. redet, der Informant hört zu. Hin und wieder dreht sich der Informant verstohlen um, und zweimal unterbricht er K. mit dem Versuch, herauszufinden, wer ihn geschickt hat. K. hält sich jedoch bedeckt, er weiß, er wird auf die Probe gestellt. Wenn er sich öffnet, wird er das Vertrauen dieses anderen verlieren. Schließlich bittet der Informant K. um seine Telefonnummer, er solle abwarten. Er könne nichts versprechen, würde es aber versuchen. Er solle ihn nie wieder aufsuchen. Ich werde auf Sie zukommen.

Wenn er die Geistesgegenwart des Apothekers und die Vorsichtsmaßnahmen des Galeriebesitzers bedenkt, kommt K. zu dem Schluss, dass Caio und Amadeu lediglich Dilettanten waren, sie wussten nicht, worauf sie sich eingelassen hatten. In seinem aufgewühlten Herzen löst sich nach und nach das Geheimnis der widersprüchlichen Nachricht von alleine, unerbittlich. Einen Knoten in der Brust, spürt er, dass etwas Furchtbares passiert ist, so dass die Menschen, die ihm helfen wollen, Angst bekommen und zurückschrecken – er spürt, dass seine Tochter erfasst wurde von einem geschlossenen System, das mit keinem zu vergleichen ist, das er gekannt hat, nicht einmal mit dem in Polen. Die Erklärungen des Apothekers haben ihn beeindruckt.

Zwei Tage später ruft der Mann von der Galerie an. Um sich zu erkennen zu geben, erwähnt er den Spaziergang entlang der José Paulino. Er teilt K. mit, dass seine Tochter in Portugal sei, vor mehr als einem Monat habe sie sich dorthin abgesetzt. Er legt auf. Nicht möglich, überlegt K. Eine krasse Lüge. Seine Tochter würde ihm nicht ein solches Leid zufügen. Selbst wenn sie von Portugal aus keinen Kontakt zu Brasilien hätte aufnehmen können, hätte sie sich an Verwandte in Israel wenden können oder an ihren Bruder in London, mit dem sie in Briefwechsel stand.

In der Woche danach kommt im Laden eine Papprolle aus Portugal an, adressiert an K., als Absender ist per Hand der Name der Tochter eingetragen. Sie enthält politische Plakate der Nelkenrevolution. Es ist nicht die Schrift seiner Tochter, er sieht es sofort. Ihre Handschrift ist leicht nach rechts geneigt und einheitlich, elegant geführt, wie bei einer Schönschriftübung. Sie haben eine Farce inszeniert. Ein Theater, um mich auf die Folter zu spannen. Diese Informanten stecken alle unter einer Decke. Es handelt sich um ein makabres Netzwerk, in der Hölle sollen sie schmoren, »zoln zcy alle geyn in dr'erd arayn«, schimpft er auf Jiddisch.

Besorgt ging er im Geiste alle Daten durch, die er den hinterlistig lauschenden Informanten zugespielt hatte. Die gefährlichsten unter ihnen waren die hilfsbereitesten, wie Caio, die sich alles bis zum Ende anhörten und Versprechungen machten. K. selbst hatte ihnen mitgeteilt, wo er bereits nach seiner Tochter gesucht hatte, mit wem er gesprochen hatte, ob er wichtige Freunde hatte, Kontakte im Ausland, an welche Stellen er schriftliche Appelle oder Anzeigen gerichtet hatte, wer sein Anwalt war, ob er jemanden hatte, der ihm half. Und viele weitere Informationsfragmente. Was war ich für ein Esel, »ikh bin geveyn a groyser idyot«, schlussfolgerte K.: Ich war ein großer Idiot.

Er quälte sich noch mit seinen Schuldgefühlen, als sein Freund, der Schriftsteller und Anwalt, anrief. Ein General würde K. auf Bitte jenes führenden Mitglieds der jüdischen Gemeinde von Rio de Janeiro empfangen. Diese Möglichkeit sollte nicht vertan werden. Und er teilte ihm die Anschrift und die Uhrzeit mit. Der General wird am Abend für Sie da sein. K. wusste schon nicht mehr, ob er nach den ganzen Gemeinheiten und der bereits seit so langer Zeit verschwundenen Tochter noch Hoffnung hegte. Doch der General würde ihn sicher nicht empfangen, um ihm etwas mitzuteilen, was ein Vater nicht hören könnte.

An jenem Abend im Militärclub, als er die weißen, als Blütenblätter geformten Marmorstufen in die obere Etage hinaufstieg, betrachtete K. den imponierenden Bau mit seinen neoklassizistischen Linien. Plötzlich erinnerte er sich an eine andere Treppe zu einer anderen Zeit, in Warschau, ebenfalls aus Marmor und in neoklassizistischem Stil gehalten, deren Stufen er, noch jung und mutig, in geübten Sätzen genommen hatte, um nach dem Verbleib seiner Schwester Guita zu fragen, die auf einer Veranstaltung der Partei, der Linke Poalei Tzion, zu deren Gründungsmitgliedern er gehörte, verhaftet worden war. Das Auftauchen dieses Bildes, das er unter den Trümmern der Erinnerung begraben wähnte, alarmierte ihn.

K. war dreißig Jahre alt, als er, von der polnischen Polizei der Subversion beschuldigt, durch die Straßen von Włocławek geschleift wurde. Aus diesem Grund emigrierte er auf schnellstem Wege, ließ Frau und Kind zurück, sie sollten erst ein Jahr später nach Brasilien nachkommen. Er wurde freigelassen mit der Auflage, das Land zu verlassen und die Kosten zu tragen, was ihm dank einer Sammelaktion seiner Parteigenossen auch gelang. Seine Schwester Guita, fünf Jahre älter, hatte nicht das gleiche Glück. Sie starb an Tuberkulose in der Kälte der Gefängniszelle.

Das plötzliche Bild Guitas rief das des Polizeibeamten auf den Plan, der ihn oben auf der Treppe in Warschau angebrüllt und hinausgeworfen hatte, seine Schwester sei zu keinem Zeitpunkt verhaftet worden, sicher sei sie mit irgendeinem Liebhaber nach Berlin durchgebrannt.

Er dachte immer noch an Guita, als er vor dem General stand, der ihn unhöflich empfing. Barsch forderte er ihn auf, sich zu setzen. Er warf ihm vor, schwere Anschuldigungen gegen die Militärs in der jüdischen Gemeinde zu verbreiten, die jeglicher Grundlage entbehrten. Und wenn Ihre Tochter mit irgendeinem Liebhaber nach Buenos Aires geflohen ist? Haben Sie diese Möglichkeit schon in Betracht gezogen?

## Die erste Brille

»Du siehst gut aus«, bemerkte K., als er sie mit der Brille musterte.

Sie sagte nichts, obwohl ein aufmerksamer Beobachter vielleicht ein flüchtiges Zucken ihrer Gesichtsnerven hätte feststellen können. Es war, als habe sie es nicht gehört. Sie hätte ihre Freundin Sarinha mitnehmen sollen, als ihr Vater die Gläser und die Fassung bestellt hatte. Jetzt war es zu spät, warf sie sich vor.

Das Mädchen war vierzehn Jahre alt; sie hatte soeben die Brille aufgesetzt, die sie in der Woche davor mit ihrem Vater ausgesucht hatte und die an diesem Nachmittag geliefert worden war. Es war ihre erste Brille.

Obwohl sie im Klassenraum in der ersten Reihe saß, sah sie das, was an die Tafel geschrieben wurde, teilweise immer undeutlicher. Sie musste die Augen zusammenkneifen, um kleine Buchstaben und Zahlen unterscheiden zu können. Seit längerem klagte sie darüber, aber die Mutter hatte dem keine Bedeutung beigemessen.

Eines Tages stieg sie in den falschen Bus und musste acht Querstraßen zurücklaufen. Sie hatte die Richtung Vila Diva mit Vila Paiva verwechselt. Zutiefst erschrocken, ging der Vater endlich mit ihr zum Augenarzt, der eine Kurzsichtigkeit von zwei Dioptrien auf dem rechten und einer Dioptrie auf dem linken Auge feststellte.

Das Mädchen bat die Mutter, sie zum Optiker zu begleiten und bei der Auswahl eines Brillengestells, das zu ihrem langen, feinen Gesicht passte, zu helfen. Aber die Mutter war müde und hatte Migräne. Immer diese Migräne. Geh mit deinem Vater, sagte sie.

Seit man ihr wegen eines Mammakarzinoms die rechte Brust abgenommen hatte, ging die Mutter kaum noch aus dem Haus. Vorher hatte sie oft ihre Freundinnen besucht, voller Stolz auf ihre elegante Erscheinung, ihr gebräuntes, gleichmäßiges Gesicht mit der markanten, wohlgeformten Nase, ihr dunkles Lockenhaar.

Inzwischen ging sie nur noch manchmal am Freitag weg, kaschierte die flache Brust mit einem Polster, doch sie stattete niemandem einen Besuch ab. Sie fuhr nach Bom Retiro, um anonym ein Stück Halva, ein Roggenbrot und einen Räucherhering zu kaufen. Zwar war sie noch immer schön und elegant, aber wegen der Chemotherapie hatte sie die Haare verloren.

Während sie ihre Tochter erwartete, das dritte Kind nach zwei Söhnen, war sie bereits zu einer traurigen Frau geworden; die Abordnung, die von der jüdischen Gemeinde in São Paulo ausgesandt worden war, um die erschreckenden Gerüchte über das, was in Polen passiert war, zu überprüfen, war zurückgekehrt und hatte das Schlimmste bestätigt. Ihre Familie sowie der größte Teil der Juden in Włocławek war ausgerottet worden. Alle. Ihre Eltern, die Geschwister, Onkel und Tanten, Neffen und Nichten. Das war der Grund, weshalb kurz nach dem Einmarsch der Deutschen keine Briefe mehr kamen, nicht die kriegsbedingten Blockaden. Nicht einmal ihr Cousin Moses war davongekommen, obwohl er nach Frankreich gegangen war. Die Abordnung bestätigte auch die Deportation und Vernichtung der französischen Juden. Kurz nach Erhalt dieser Nachricht war sie an Brustkrebs erkrankt.

Beim Optiker wählte der Vater ein robustes, preiswertes Brillengestell aus. Nicht aus Knauserigkeit. Oder weil ihm seine Tochter nicht wichtig war – sie war sein Lieblingskind, »mayn tayer tekhterl«, mein teures Töchterlein, so nannte er sie bei seinen Freunden im Lesekreis –, sondern, weil er kein Vertrauen zu diesen extrem dünnen italienischen Fassungen hatte. Eine Brille war dazu da, einen Sehfehler auszugleichen. Sie hatte widerstandsfähig zu sein, durfte nicht bei jeder Unvorsichtigkeit zerbrechen.

Seine Vernarrtheit in das Nesthäkchen trübte seine Wahrnehmung, denn sie war von Natur aus nicht besonders hübsch. Jedesmal, wenn er sie am Tor des Gymnasiums abholte, fragte er ihre Mitschülerinnen: Habt ihr dieses blonde Mädchen gesehen, die Klassenschönste?

Die Mitschülerinnen lächelten mitleidig. Seine Tochter hatte ausgeprägte Gesichtszüge, schmale Lippen und glatt herunterhängende, strohgelbe Haare. Sie war groß und dünn. Die Klügste in der Klasse, ohne Zweifel, und alle mochten sie auch sehr wegen ihrer Sensibilität und ihrer Kameradschaft. Doch ihr ganz besonderer Zauber kam von innen, von ihrem Wesen, nicht von einer puppenhaften Schönheit. Ihr gesamter Ausdruck konzentrierte sich in ihren traurigen blauen Augen, sie zeugten von einem reichen, unruhigen Innenleben.

Egal welche Brille sie getragen hätte, für ihren Vater war sie das hübscheste Mädchen der ganzen Schule. Eine engelsgleiche Anmut, pflegte er zu sagen. Außerdem hatte K. nicht viel Zeit. Er hatte den Teilhaber seines Ladens allein gelassen und es war Monatsanfang, wo immer am meisten los war.

Als er nach Hause kam, klagte die Mutter immer noch über Kopfschmerzen.

»Du siehst ja furchtbar aus«, entfuhr es ihr, als sie ihre Tochter mit der Brille sah. »Jetzt ist nichts mehr zu machen.«

Die Tochter sagte nichts, verzog keine Miene, obwohl ein geübter Beobachter vielleicht ein flüchtiges Zucken in ihrem Gesicht wahrgenommen hätte. Sie tat, als ob sie es nicht gehört hätte.

## Die heimliche Eheschließung

Als diese junge Frau zum Treffen der Familienangehörigen verschwundener Personen erschien und sich vorstellte – ich bin die Schwägerin Ihrer Tochter –, wurde K. sich der Tragweite jenes anderen, jenes geheimen Lebens seiner Tochter bewusst. Sie hatte sogar geheiratet, ohne dass er davon wusste; sie hatte einen Mann, eine Schwägerin, Schwiegereltern. Ihr Ehemann war ebenfalls verschwunden. Nun auch noch diese Botschaft in der langen Kette der Schrecken, die Entdeckung, dass eine andere Familie ebenfalls ihre Abwesenheit betrauerte, nicht als Tochter, sondern als Schwiegertochter, und auch er müsste jetzt den Verlust eines weiteren Verschwundenen beklagen, den des Schwiegersohns, mehr noch, den von Enkelkindern, die er hätte haben können, aber nicht mehr haben würde – obwohl das in diesem Augenblick für ihn noch nicht ersichtlich war.

Er beschloss also, diese unerwartete Welt, die seine Tochter sich aufgebaut und ihm verheimlicht hatte, zu erforschen, er fieberte danach, mehr zu erfahren, ihr soziales Umfeld kennen zu lernen, sich mit den Freunden auszutauschen, die sie vielleicht gewonnen hatte in jener todlangweiligen Stadt im Landesinneren, er wollte seine *makhetonim* kennen lernen. Sicher hatte sie so manchen Sonntag mit ihnen verbracht.

Er erfuhr, dass der Mann seiner Tochter, dieser Schwiegersohn, den er nie kennen gelernt hatte, schon in jungen Jahren völlig verbissen auf politische Themen reagiert hatte. Er sah seine Bücher, eine ganze Bibliothek revolutionären Gedankenguts. Von einem Vetter des Schwiegersohns, einer Art Faktotum des jungen Paars, der von daher auch Dinge wusste, die den anderen Familienmitgliedern nicht bekannt waren, erfuhr er, dass die beiden im Untergrund kämpften, auch wenn sie ein legales Leben führten. Der Schwiegersohn gehörte der Führungsspitze einer dieser Organisationen an, verriet ihm besagter Vetter. K. fragte sich, was im Endeffekt dazu geführt hatte, dass die beiden zueinander fanden. Hatten sie sich über die politische Aktion schätzen gelernt oder hatten sie sich zuerst ineinander verliebt und waren danach, im Verlauf ihrer illegalen Tätigkeit, diese Verbindung eingegangen?

Aber die Frage, die ihm am meisten zu schaffen machte, war, ob seine

Tochter hätte davonkommen können, wenn ihr Ehemann kein Revolutionär gewesen wäre. Ein moralisches Dilemma: sollte er ihn hassen, weil er seiner Tochter einen absurden Tod beschert hatte, oder ihn ehren, weil er ihr Leben bereichert hatte?

Und inwieweit hatte er sie de facto in den Untergrundkampf hineingezogen oder, im Gegenteil, versucht, sie zu schützen, sie auf die Risiken hinzuweisen, sie fernzuhalten, und sie hatte sich vielleicht geweigert, ihn in diesem gefährlichen Kampf allein zu lassen? Auf diese Fragen wird es nie eine Antwort geben. Man wird auch nicht genau erfahren, selbst Jahrzehnte später nicht, wie sie entführt und umgebracht worden waren. In diesem Augenblick kam K. zu dem Schluss, dass diese Fragen unnütz waren. Wenn sie zusammen lebten, hatte es für ihn keine Möglichkeit gegeben, sie vor den Gefahren zu schützen.

Zu welchem Zeitpunkt hatte seine Tochter angefangen, sich politisch zu engagieren? Und auf welche Art und Weise? Ob es nach und nach passiert war, quasi als gedankenlose Folge des gemeinsamen Ehelebens, oder hatten sie vorher ausgiebig darüber diskutiert? Die Entdeckung ihrer politischen Militanz überraschte ihn, wenn diese auch zur Familientradition gehörte; er hatte sie immer als sein sensibles Töchterlein gesehen, das Gedichte las, das gern ins Kino ging und nicht viel für Politik übrig hatte. Doch nachdem sich nun auf tragische Weise offenbart hatte, dass sie durch und durch seine Tochter war, verstand er die Gründe der Heimlichtuerei. Es ging um elementare Sicherheitsvorkehrungen. Er war ähnlich vorgegangen in der Zeit seiner Untergrundtätigkeit in Polen. Es ging nicht bloß um ihre Sicherheit und die ihres Mannes, sondern auch und vor allem um seine, die ihres Vaters, und um die ihrer Brüder.

Was er nicht verstehen konnte, war diese geheime Eheschließung.

Fand dieses Versteckspiel etwa aus bloßer Gewohnheit statt? Es ergab keinen Sinn. Angefangen bei der Tatsache, dass sie ja nicht heiraten mussten, sie hätten doch einfach zusammenleben können. Wieso die formelle Urkunde? Wieso eine Ehe schließen und sie gleichzeitig verbergen?

Die beiden hatten eine bürgerliche Existenz geführt, hatten feste Arbeitsverträge, gültige Papiere, ein Bankkonto und ein Sparbuch, und gleichzeitig engagierten sie sich politisch jenseits der Legalität, besaßen Decknamen und Adressen, wo sie sich und Dokumente des Widerstands verstecken konnten.

Und da sie sich für eine formelle Heirat entschieden hatten – aus Gründen, die niemals geklärt werden sollten –, weshalb richteten sie sich dann in dem Teil ihres Lebens ein, der im Untergrund angesiedelt war und nicht an der legalen Oberfläche? Es leuchtete K. nicht ein. Sie hatten heimlich geheiratet, als handele es sich um ein Verbrechen, etwas Obszönes oder gar eine Konspiration; vielleicht hatte sein geliebtes Töchterlein Angst, ihn zu verärgern durch das Eingeständnis, einen *goy*, einen Mann aus einer nichtjüdischen Familie, geehelicht zu haben.

Doch K. war ein liberaler Geist. Seine Generation hatte sich gegen die Religion aufgelehnt. Es war die Generation der Aufklärung. Obwohl er bis in sein tiefstes Inneres Jude war, hatte er diese Art der Diskriminierung niemals geäußert. Denn hatte sein mittlerer Sohn nicht sogar eine Japanerin geheiratet? Und hatte sein eigener älterer Bruder in zweiter Ehe nicht eine Portugiesin geheiratet? Und einige seiner Neffen waren ebenfalls mit nichtjüdischen Frauen verheiratet. Und er hatte für alle immer die gleiche Zuneigung empfunden.

Trotzdem konnte es seiner Tochter an Mut gemangelt haben, ihm ihre Heirat mit einem *goy* zu offenbaren; sie wäre in der Tat die erste Frau in der Familie gewesen, die einen Nichtjuden gewählt hatte. Denn seitens der Familie seines Schwiegersohns waren ja alle über die Eheschließung im Bilde und machten davon kein Aufhebens.

Seine Tochter hatte der anderen Familie vertraut, nicht ihm. Für die andere Familie war die Heirat kein Geheimnis gewesen, lediglich eine diskrete Angelegenheit. Darin lag ein umfassenderer Sinn, hatte sie etwa die Wahl einer neuen Familie damit signalisieren wollen? Dieser Gedanke schmerzte ihn. War es womöglich die Retourkutsche für seine zweite Ehe mit dieser Deutschen, die bei seiner Tochter auf totale Ablehnung gestoßen war? Oder für seine intensive Hingabe an die jiddische Sprache? An eine Sprache, die weder sie noch ihre Brüder sprechen konnten – was übrigens seine Schuld war, denn er hatte sich nie darum bemüht, sie ihnen beizubringen.

Diese Möglichkeit fügte seiner Schuld eine weitere hinzu.

Doch nichts von all dem erklärte die Tatsache, dass die beiden klammheimlich geheiratet hatten, überlegte er von neuem. Eine verborgene Ehe ist ein Widerspruch, ein Widersinn, denn die Funktion der Ehe besteht ja genau darin, die Gründung einer neuen Familie, den veränderten Familienstand zweier junger Menschen, publik zu machen. Deshalb gehen Hochzeitsfeste mit so viel Pomp einher. Wenn es nicht darum geht, es allen mitzuteilen, ist eine Heirat nicht erforderlich, es genügt, zusammenzuleben. Er konnte es nicht begreifen.

Vielleicht lag die Erklärung ja in dem Ehevertrag, den K. fand. Der Vertrag beinhaltete die vollständige Gütertrennung der beiden. Seltsam, diese Sorge um das Materielle bei einem revolutionären Ehepaar. Außerdem hatten sie geheiratet, indem sie bereits die Trennung vorsahen, denn sonst wäre ja der Vertrag nicht nötig gewesen.

Vielleicht ahnten sie, dass sie zwangsläufig getrennt würden, falls einer von ihnen in die Fänge der Sicherheitskräfte geriet? Das wäre möglich. Es machte Sinn. Nicht, dass sie wertvolle Güter besessen hätten. Ein paar Ersparnisse und den VW Käfer, das war alles. Und die Bücher natürlich. Viele Bücher. Nach langem Überlegen kam K. zu dem Schluss, dass der einzige Grund für eine formelle Heirat mit der Risikosituation, in der sie lebten, zusammenhängen musste, es ging darum, die Gefahr, in der jeder von ihnen schwebte, zu verringern. Und wie? Indem sie eine gültige Heiratsurkunde vorzuweisen hatten. Das war die Voraussetzung, um Mietverträge abzuschließen, ohne Misstrauen zu wecken, in Hotels abzusteigen, ohne aufzufallen, sich im Notfall in Herbergen einzuquartieren, ohne dass es jemandem anrüchig erschien. Falls erforderlich, hätten sie Pässe beantragen und als Mann und Frau zusammen ins Ausland reisen können, sich aus dem Staub machen, ohne Aufsehen zu erregen. Sich vorzustellen, dass sie all das hätten tun können, es aber nicht getan hatten – das war es, was am meisten schmerzte.

## Brief an eine Freundin

Meine Liebe,

gestern habe ich mir nochmals den »Würgeengel« von Buñuel angesehen, den wir zusammen in den guten Zeiten des Cinema Bijou gesehen haben. Erinnerst du dich? Ich habe beschlossen, dir zu schreiben. Es ist lange her, dass ich im Kino war. Ich habe meine Höhle kaum verlassen. Ich, die ich so gern ins Kino gehe, bin zur Einsiedlerin geworden. Von der Chemischen Fakultät geht es direkt nach Hause. Ich vermeide es, Kontakt mit Freunden aufzunehmen. Es bleibt nur das Mittagessen in der Mensa der Biologie. Bei längeren Feiertagen fahren wir weit weg, aus São Paulo hinaus, dorthin, wo niemand uns kennt. Wir haben drei Tage in Poços de Caldas verbracht. Ich erinnerte mich wieder daran, wie wir zwei damals nach Parati gefahren sind. Manchmal frage ich mich: Wozu das alles? Ich weiß nicht, ob es Paranoia ist, aber ich fühle mich umgeben von einer Gefahr. Jeden Tag wird jemand auf dem Campus verhaftet. Ich muss dir nicht erzählen, was in letzter Zeit immer wieder passiert ist. Das Klima ist sehr bedrückend. Wie dieser Situation entkommen? Ich weiß nicht, wie ich ihr entkommen soll, ich weiß nur, dass unsere Sache früher einen Sinn hatte, heute hat sie ihn verloren; und das führt mich wieder zu dem Film von Buñuel, all diese Leute, die das Haus verlassen können und gleichzeitig zurückgehalten werden, ohne einen Grund, eine rationale Erklärung. Sie bleiben dort gefangen, in einem imaginären Gefängnis, und verrohen zusehends. Ich hätte nie gedacht, dass dieser Film einmal von solcher Bedeutung für mich sein könnte. Ich habe mich gefragt, was für eine Situation Buñuel inspiriert haben mag, ob es das Franco-Regime war, der Katholizismus oder etwas in seinem persönlichen Leben. Wie dem auch sei, es handelt sich um eine großartige Studie über das, was die Menschen dazu bringt, das zu tun, was sie tun, eine bestimmte, ausweglose Richtung einzuschlagen und nicht die Kraft zur Umkehr zu haben. Genau das passiert mit mir. Ich wünschte mir so sehr, dass du hier wärst, um mit dir darüber zu sprechen. Bei der Arbeit schwindet mir der Boden unter den Füßen, ich kann mich nicht mehr zusammen mit den Kollegen, mit Ausnahme von Celina und Vera, freuen. Erst recht nicht mit den Männern, die können mir alle gestohlen bleiben, ich ertrage sie nicht.

Die reinsten Schlappschwänze, wie du immer gesagt hast. Alle tun so, als ob das Leben normal weitergeht, alle benehmen sich so, als ob sich nichts ereignete. Meine einzige Freude, abgesehen von meiner Liebe, von der ich dir ja schon erzählt habe, ist eine junge Hündin, die er mir geschenkt hat, ganz süß, wir behandeln sie wie ein Kind, jede Woche wird sie gebadet und kriegt das Fell gewaschen, jeden Nachmittag gehen wir mit ihr in den Park. Sie heißt Baleia. Eine Hommage an den Hund im Roman von Graciliano Ramos, klar. Aber sie ist kein Straßenköter, sie hat einen Stammbaum mit allem Drum und Dran. Ich habe sogar Angst, mit ihr Gassi zu gehen, doch wie sollte ich ihr das streitig machen? Baleia würde dir gefallen, sie ist ein weißer Pudel, ganz flauschig. Hast du etwas von deinem Bruder gehört? Meiner spricht seit einem Jahr nicht mehr mit mir. Ich weiß nicht, was mit ihm los ist. Diese Leute, die in den *kibutsim* gearbeitet haben und zurückgekommen sind, scheinen alle eine Meise zu haben. Seit mein Bruder sich für einen Journalisten hält, findet er sich ganz toll und denkt, das bietet ihm ausreichend Schutz. Bloß gut, dass er in ein paar Monaten nach England geht. Ich drücke die Daumen, dass er so schnell wie möglich abreist. Ich habe das Gefühl, dass die Lage hier sich enorm verschlechtern wird. Meinen Vater treffe ich nur noch einmal in der Woche oder nur jede zweite Woche. Nachdem er wieder geheiratet hat, zeigt er sich mir gegenüber liebevoller, versucht, nett zu sein; ich glaube, er hat das Bedürfnis, sich an mich zu klammern, schließlich bin ich die kleine Tochter in dieser Familie, die er gegründet hat und die es nicht mehr gibt. Gleichzeitig widmet er sich zunehmend seinen Schriftsteller-Freunden. Vermutlich aus dem gleichen Grund. Die Familie hat sich aufgelöst, und für ihn bleibt jetzt einzig und allein die jiddische Sprache. Er flüchtet sich in das Jiddische. Kannst du dir vorstellen, dass sie sich regelmäßig jede Woche treffen? Da ist diese Rosa Palatnik, die er behandelt wie eine Königin und die extra aus Rio anreist; eine andere, die ab und zu aus Rio kommt, ist diese Clara Steinberg. Vielleicht hast du von ihnen gehört. Ich weiß nicht, ob es große Schriftstellerinnen sind. Doch wehe, einer unterbricht die Sitzung. Ich weiß nicht, was für eine Stimmung in Rio herrscht, aber was mir hier am meisten zusetzt, ist die Entfremdung der Leute. Ich meine nicht die Schlappschwänze von der Chemischen Fakultät. Ich rede von anderen, die ich schätze. Ich bemerke einen Fatalismus, eine Kälte, sogar einen Verlust an Menschlichkeit an ihnen, so als wäre die Politik alles und alles andere nichts. Einige von ihnen sind auch sehr arrogant. Ich sehe, dass die Leute ihre Ziele außerhalb der Realität ansiedeln, sich verschließen, und das gilt sowohl für die Weicheier von der Chemie als auch für die Aufgeklärten und Engagierten. Es passiert etwas sehr Falsches und Hässliches, aber ich kann nicht definieren, was es ist. Weißt du, das eine ist, zu träumen und Gefahren auf sich zu nehmen, aber dabei Hoffnungen zu hegen, und etwas ganz anderes ist das, was zur Zeit geschieht. Eine ausweglose und unerklärliche Situation, ganz genau so wie im Film von Buñuel. Ein Druck, der nicht auszuhalten ist und der keine einzige Perspektive bietet. Ich weiß schon nicht mehr, was Wahrheit ist und was Lüge. Das Schlimmste ist, mit niemandem sprechen zu können, außer mit meinem Mann, aber der gehört ausgerechnet zur harten Linie. Apropos: Weder mein Bruder noch mein Vater wissen, dass wir geheiratet haben. Mein Vater weiß nichts von meinem Leben. Alles hat seine Gründe. Ich würde dich wahnsinnig gern sehen, aber wenn du nach São Paulo kommst, nimm nicht direkt Kontakt zu mir auf, ruf zuerst eine Freundin an, und ich finde dann einen Weg, dich zu treffen. Ich bitte dich auch, eine Antwort auf diesen Brief nicht per Post zu schicken und auch nicht an die Adresse meines Vaters. Was auch immer geschehen mag, du sollst wissen, dass ich dich sehr gern habe.

Sei umarmt und geküsst.

A.

## Aneignung von Büchern

Er klaute Bücher. Seine Tasche hatte ein Geheimfach, wo er sie leicht verstecken konnte. Er ließ alles mögliche mitgehen: philosophische Abhandlungen, volkswirtschaftliche Handbücher, geschichtliche Werke, Biografien und Gesellschaftsromane; er zog jedoch die Klassiker der marxistischen Lehre vor. Nach und nach verschaffte er sich das Gesamtwerk von Marx und Engels und die wichtigsten Bücher von Caio Prado, Leôncio Basbaum, Celso Furtado, Josué de Castro und Ignácio Rangel. Er entwand auch Bücher jüngeren Datums, die den Imperialismus anprangerten und die Befreiungskämpfe der afrikanischen und asiatischen Völker priesen.

Er kannte sämtliche Buchhandlungen und Antiquariate in São Paulo, selbst die verborgensten, die im Innern von Hochhäusern lagen und nicht im Parterre an der Straße. Er suchte sie regelmäßig auf und kaufte bei jedem zweiten oder dritten Mal ein Buch, um kein Aufsehen zu erregen. Die Buchhändler hielten ihn für einen guten Kunden, obwohl er kurioserweise nur Bücher mit erschwinglichen Preisen wählte. Vielleicht hat er nicht viel Geld, dachten sie.

Er war in der Tat nicht reich. Aber er war auch kein armer Schlucker. Er absolvierte ein Abendstudium und arbeitete tagsüber als Programmierer, ein Beruf, der ihm leicht fiel, relativ selten war und derzeit gutes Geld brachte. Er verfügte über einen hohen IQ und war kulturell gebildet; einen Großteil der geklauten Bücher las er.

Er hätte die Bücher bezahlen können, aber er klaute aus Prinzip. Er führe sie im Namen der sozialistischen Revolution in sein Eigentum über, erzählte er den wenigen, die sein Geheimnis teilten. Es war, als praktiziere er die Subversion, die das Buch verkündete, bereits; jede Aneignung ein Akt der Sabotage gegenüber dem Markt, der aus Ideen Profit schlug. Ein Bakunin als Feind des Privateigentums; ein Revolutionär, der Munition für den großen Überfall auf die Macht hortete. Er betrachtete den Umstand der wiederholten Ordnungswidrigkeiten als erzieherisches und anspornendes Prinzip.

Er kannte auch die Untergrund-Buchhandlungen der Kommunistischen und der Sozialistischen Partei und der beiden Flügel des Trotzkismus, den der Lambertisten und den der IV. Internationale. Die eignete er sich allerdings nicht an. Er war ein Revolutionär, kein Dieb.

Sein markantestes Kennzeichen war der vorstehende Unterkiefer, was ihm einen Ausdruck von Bestimmtheit und Strenge verlieh. Obwohl er jung war, ein Student, schien es, als sei er schon im Krieg gewesen und daraus zurückgekehrt. Nie hörte man ihn einen Witz erzählen, wenn er auch oftmals ein ironisches Lächeln aufsetzte, wie jemand, der sich überlegen fühlt. Er stand über den einfachen Menschen, denn er war überzeugt von seiner revolutionären Bestimmung. Und anders als viele seiner Kollegen, die sich auch als Rebellen und Sozialisten gaben, aber kaum etwas taten, konzentrierte er all seine Energien auf die Vorbereitung des revolutionären Kampfes. Seine Leidenschaft für die Revolution fand nur in seiner Liebe zu den Büchern ein Pendant.

II

An dem Tag, als die Militärs aufmarschierten und die Bürgerrechte außer Kraft setzten, während Angst und Unsicherheit die linken Aktivisten überfielen, beauftragte unser Mann kurz entschlossen einen seiner Mitverfechter der sozialistischen Ideen, der einen Wagen hatte, mit einer Sondermission.

Mit Entschiedenheit und kühlem Kopf klapperten sie die Büros und Buchhandlungen der linken Parteien ab, die man, wie er wusste, Hals über Kopf aufgegeben hatte. Zuerst die eine, dann die andere, keine wurde vergessen.

Systematisch sammelten sie sämtliche Bücher, Flugblätter, Zeitungen und alles, was sie fanden, ein, wie jemand, der ein Kriegsarsenal an eine Stelle verbringt, die sicherer ist, damit es dem Feind nicht in die Hände fällt. Im Büro der Sozialistischen Partei sammelten sie sogar die Ordner mit den Unterlagen der Mitglieder ein.

III

Später, als die Militärs ihn verhafteten und verschwinden ließen, hinterließ er als einzigen Nachlass die revolutionäre Bibliothek mit mehr als tausend Bänden, von denen die meisten zu den angeeigneten zählten. Kurioserweise hatte er auf der ersten Seite eines jeden Buches mit sicherer, schneller Schrift mit seinem Vor- und Nachnamen unterzeichnet und das Datum der Aneignung hinzugefügt.

Ob er Besitz anmelden wollte? Nein. Möglicherweise aber hatte er schon immer geahnt, dass die Bücher die einzigen Spuren seiner revolutionären Berufung sein würden, kleine Erinnerungssteine auf einem bis heute nicht existierenden Grab.

## Jacobo tritt in Erscheinung

I

An der hinteren Wand sitzend, hat K. einen guten Überblick über das Schnellrestaurant, er mustert jeden Einzelnen. Er hat das Gefühl, in einem amerikanischen Film zu sein, dann begreift er, was man hinter diesen Szenen erkennen kann. Die Figur mit dem in den Nacken geschobenen Filzhut kann nur ein Jude sein, er liest eine jiddische Zeitung; dann ist da der Typ mit der Aktenmappe, der es wohl eilig hat, der Taxifahrer, der noch die Mütze auf dem Kopf trägt und aussieht wie ein Italiener. Das Amerika der europäischen Immigranten hat sich in diesem Schnellrestaurant eingefunden.

Es bedrückt ihn die Tatsache, dass er an Filme denken kann, wo er doch aus einem einzigen Grund hier ist: den Aufenthaltsort seiner Tochter ausfindig zu machen. Und sich vorzustellen, dass er selbst einer dieser Immigranten hier hätte sein können, aber in Brasilien gelandet war. Wer weiß, wenn er anstatt nach Südamerika nach Nordamerika ausgewandert wäre, wie sein Vetter Simon, hätte sich diese Tragödie vielleicht nicht ereignet.

Vor zwanzig Jahren war er nach New York gefahren, um den Preis für sein Gedicht »Hagibor« entgegenzunehmen, das in der Zeitschrift *Di Zukunft* erschienen war. Das Bild, das sich ihm darbot, hatte sich kaum verändert. Doch in der Zwischenzeit waren bereits drei der fünf jiddischen Zeitungen in New York eingegangen. Wie kann eine Sprache so schnell verschwinden? Die Deutschen haben diejenigen umgebracht, die lasen, und Stalin diejenigen, die schrieben, wiederholt er innerlich den Spruch, den er immer in seinen Vorträgen anzubringen pflegte.

Ach, hätte er doch nicht immer über die jiddische Sprache, über die jiddische Literatur nachgedacht und seiner Tochter – seinen Kindern – mehr Aufmerksamkeit geschenkt ... Nun saß er hier, trank seinen dünnen Kaffee und wartete darauf, dass das Büro des American Jewish Committee aufmachte. Er hatte einen Termin um neun.

## II

Das Gebäude zeugt von der Solidität der Morgans und Rockefellers, es symbolisiert das Amerika derjenigen, die mit der Stahl- und Erdölindustrie riesige Vermögen erworben hatten. Am Eingang bleibt er beeindruckt vor einer Bronzetafel zum Gedenken an die jüdischen Mädchen aus bettelarmen Familien stehen, die mit Heiratsversprechen nach Amerika eingeschifft und zur Prostitution gezwungen worden waren: die Polackinnen, wie sie in Brasilien genannt werden. Sofort fällt ihm ein: Die Juden in Bom Retiro haben nicht den Anstand besessen, eine solche Tafel aufzuhängen.

Empfangen wird er von Irineu Blaumstein, einem älteren Herrn, der vielleicht in seinem Alter ist. Sie unterhalten sich auf Jiddisch. Blaumstein sagt, dass er ihn kennt, von seinen in den New Yorker Zeitungen abgedruckten Erzählungen und Gedichten. K. erzählt von dem Verschwinden seiner Tochter und seines Schwiegersohns. Er hat ein Papier mit sämtlichen Angaben mitgebracht. Und ein paar Fotografien. Er weiß nicht, an wen er sich noch wenden kann – sagt er in flehendem Ton. Er ist aus London gekommen, wo er bei Amnesty International vorgesprochen hat. Davor war er in Genf gewesen, um an das Rote Kreuz zu appellieren. Höflich fragt er nach, weshalb das American Jewish Committee die brasilianische Diktatur nicht bereits öffentlich angeprangert hat, so wie es Amnesty International getan hat.

Was hat Amnesty International unternommen?, fragt Blaumstein.

Sie haben eine weltweite Kampagne gestartet, sagt K.; ihre Aktivisten aufgefordert, schriftlich an die brasilianische Regierung zu appellieren; seine Tochter zum »Politischen Häftling des Jahres« deklariert.

Als er von der Diktatur spricht, erinnert sich K. mit Abscheu an die Menschenrechtskommission der OEA, der Organisation Amerikanischer Staaten, die seine Petition auf nahezu zynische Weise zurückgewiesen hatte. Sie gaben vor, dass laut brasilianischer Regierung nichts von seiner Tochter bekannt sei. Klar: Sie hatten die Verbrecher gefragt, ob sie Verbrecher seien. Das Rote Kreuz hingegen hatte sich die Daten notiert und versprochen, eine Untersuchung einzuleiten. Offenbar erwarteten sie nicht allzu viel von ihrer brasilianischen Sektion.

Amnesty International hat ihm geraten, sich an das American Jewish Committee zu wenden, teilt K. Blaumstein mit. Sie haben gesagt, dass diese Organisation viel Erfahrung gerade in solchen Fällen und großen Einfluss bis in die höchsten amerikanischen Kreise besitzt. Auch das Rote Kreuz hat sich lobend über das Jewish Committee geäußert.

Blaumstein erklärt K. nun die operationellen Prinzipien des American Jewish Committee im Bereich der Menschenrechte. Seit der Gründung 1906, als Folge der Pogrome in Russland, kämpfen sie für die Umsetzung des Pluralismus und die Aufhebung von Vorurteilen; sie halten dies für die beste Möglichkeit, den Antisemitismus zu bekämpfen, der als Teil eines größeren Problems, nämlich der Intoleranz und Diskriminierung, gesehen wird.

Was Einzelfälle wie den seiner Tochter betrifft, hatte das American Jewish Committee mit der Zeit gelernt, dass die beste Taktik darin besteht, im Stillen und unter der Oberfläche zu agieren. So gingen sie vor. Auch Amnesty International wandte zwei Taktiken an, eine ostentative und eine diskrete, wenngleich sie sich von denen des Jewish Committee unterschieden. Viele Menschen konnten auf diese Weise gerettet werden. Sie können es sich vielleicht nicht vorstellen, aber wir haben Möglichkeiten, zu bestimmten Instanzen vorzudringen, sagt Blaumstein.

Er fragt, wo K. untergebracht ist. Bei meinem Vetter Simon in Brooklyn, antwortet K. und schreibt die Adresse auf dasselbe Stück Papier, auf dem auch die Daten seiner Tochter stehen. Blaumstein sagt, er möge bei seinem Vetter zuhause spätestens bis um zwölf Uhr des kommenden Tages auf eine Nachricht warten. Er empfiehlt ihm, seine Kontakte zum Committee vertraulich zu behandeln. Diskretion ist äußerst wichtig, betont er.

Am Tag darauf, lange bevor es zwölf ist, händigt ein Bote K. im Haus seines Vetters Simon einen Umschlag mit einer Botschaft aus: »Sie werden in Kürze in São Paulo von Jacobo aufgesucht. Er spricht mit argentinischem Akzent und wird sagen, dass es um Ihren neuen Gedichtband geht. Merken Sie sich diese Botschaft und vernichten Sie dieses Papier.«

Beeindruckend, denkt K., eine so respektable, so mächtige Menschenrechtsorganisation, und sie muss im Verborgenen handeln, als gehe es um ein Verbrechen; es scheint, als ob selbst sie Angst hat, man könne sie verschwinden lassen. Es ist, als ob diese Verbrecher, die Menschen verschwinden lassen, überall seien. Sogar in Amerika, dem Land der Freiheit. Noch am gleichen Abend fliegt K. nach São Paulo zurück.

## III

Mehr als zwei Wochen sind vergangen.

K. erhält einen Anruf von einem Herrn Jacobo, der sich gern mit ihm über seinen neuen Gedichtband unterhalten würde. Er sagt ein paar Worte auf Jiddisch und ein paar auf Portugiesisch mit argentinischem Akzent. Sie verabreden ein Treffen in der Bibliothek des Hebräischen Clubs. Jacobo bittet ihn, sämtliche Originale der Gedichte und, falls er Manuskripte hat, auch diese mitzubringen.

K. stellt noch einmal sämtliche Daten und Fotos zusammen. Er nimmt auch einige der jiddischen Gedichte mit, als Ablenkungsmanöver. Jacobo empfängt ihn in der Tat überschwänglich im Café der Bibliothek, eher wie ein Verleger einem großen Dichter begegnen würde, dessen Buch er veröffentlichen wird.

Jacobo ist noch jung, etwas über dreißig, mit dichtem blonden Haar. Sein ernstes Gesicht ist von einer aufgesetzten Freude überzogen. Er sieht eher wie ein Sportler aus, der zu einem Tennisturnier geht, als wie ein Verleger auf Geschäftsreise.

Sie begrüßen sich im Stehen, am Tresen des Cafés; anschließend ziehen sie sich in einen der abgetrennten Räume der Bibliothek zurück und reden offen, wenn auch mit gedämpfter Stimme. Mal sprechen sie jiddisch, mal portugiesisch.

Drei Stunden lang wird K. von Jacobo ausgefragt; er will über alles Bescheid wissen. Über das politische Engagement seiner Tochter, ihres Mannes, über Leute mit denen er, K., bereits gesprochen hat. Über alles. Er kommt immer wieder auf Zeiten und Orte zurück. Vor allem auf Daten. Er sagt, das Datum des Verschwindens sei der Ausgangspunkt, um zu bestimmen, mit wem man Kontakt aufnimmt und wie man herausfindet, was passiert ist. Er insistiert vor allem hinsichtlich der Kontakte, die K. mit Behörden, Regierungsmitgliedern, Rechtsanwälten und Mitarbeitern des Erzbistums hergestellt hat. Man habe es, sagt er, mit einem ganz besonderen Mechanismus zu tun, der das spurlose Verschwinden von Menschen bewirke.

Obwohl es nicht schwer ist, eine Leiche verschwinden zu lassen, sagt Jacobo – in Argentinien zum Beispiel wurden sie fern von der Küste aus einem Flugzeug ins Meer geworfen –, gibt es doch immer einen Zeugen, einen Flugzeugpiloten, einen Untergebenen, der die Leichen beseitigt hat ... Nun bemerkt er die Hoffnungslosigkeit im Blick von K. und ändert seinen Ton: seine Leute hatten den geheimen Aufenthaltsort von fast hundert verhafteten Juden und einigen Nichtjuden herausgefunden, die alle als vermisst galten. Sie hatten für sie Geleitbriefe mit Einreisevisa nach Israel besorgt, wo einige von ihnen sich niederließen. Andere setzten die Reise nach Europa und in die Vereinigten Staaten fort. Vielleicht kann er eine ähnliche Lösung für die Tochter und ihren Mann finden?

Nicht verzweifeln, sagt er zu K., noch gibt es Hoffnung. Im Falle von Argentinien hat es tausende Verschwundene gegeben – bemerkt er –, vielleicht mehr als zehntausend, und sie entführen immer noch Menschen und lassen sie verschwinden. Dann plötzlich wird jemand, der bereits als tot gilt, wie durch ein Wunder gefunden. Er hatte sehr viel Erfahrung mit solchen Fällen gesammelt und versprach, sie vorbehaltlos bei der Suche nach der Tochter einzusetzen. Die Leute seien tief berührt von der Geschichte des alten jiddischen Schriftstellers und Dichters, dessen Leben plötzlich durch das, was man seiner Tochter angetan hatte, zerstört war. Schließlich verabschiedet er sich. Er verspricht, K. auf dem Laufenden zu halten; er solle nicht verzweifeln.

## IV

Zwei Monate sind ins Land gegangen – ohne ein Zeichen von Jacobo. Ende Oktober erhält K. einen Anruf von einem gewissen Carlos, der die Vorbereitung des nächsten Gedichtbands erwähnt. Es war die Losung. Er spricht mit einem starken argentinischen Akzent, wie Jacobo. Sie müssten sich über das Buch unterhalten, sagt Carlos.

Sie treffen sich in demselben Nebenraum der Hebräischen Bibliothek. Carlos wartete bereits auf K., der sich ein Taxi genommen hatte, keines vom Taxistand an der Bäckerei neben seinem Laden, sondern eines, das er auf der Straße herangewinkt hatte. Aus Vorsicht stieg er nicht an der Tür der Hebräischen Bibliothek aus, sondern schon früher, vor einem Wohnhaus.

Carlos erklärt K., dass sie trotz aller Anstrengungen an keine verlässlichen Informationen über seine Tochter herangekommen seien. Als wäre um sie und ihren Mann eine unüberwindliche geheime Mauer errichtet worden. Bei zwei Gelegenheiten – sagt er – gab man zu, sie sei verhaftet worden, aber kurz danach, beim nächsten Mal, hieß es, es sei ein Irrtum gewesen. Über ihren Ehemann lag nicht einmal diese Aussage vor. Er wollte von K. wissen, ob es von seiner Seite etwas Neues gab, irgendeine neue Information.

K. verneint. Absolut nichts. Völlig niedergeschlagen, hört er schon gar nicht mehr richtig zu, was dieser Carlos sagt. Er fühlt sich unglaublich müde, erneut diese innere Leere, die ihn schon so oft ereilt hat, die sogar verhindert, dass er sich vom Stuhl erhebt. Jacobo fällt ihm ein, der so viel Energie und Optimismus ausgestrahlt und ein Fünkchen Hoffnung bei ihm geweckt hatte.

»Und wie geht es Jacobo?«, fragt er.

»Es gibt einen Grund, weshalb ich hier bin und nicht er«, sagt Carlos. »Jacobo ist vor zwei Monaten verschwunden. Wir machen uns ernsthafte Sorgen. Er ist verschwunden, ohne auch nur die geringste Spur zu hinterlassen.«

## Der Hund

Und was sollen wir mit dem Hund machen? Mit dem Ehepaar ist ja alles glatt gelaufen, so wie's dem Chef gefällt, keine Spuren hinterlassen, keine Zeugen, nichts, saubere Arbeit, wir sind nicht mal rein in die Wohnung, kein Risiko wegen der Nachbarn, das Haus stand viel zu nah an den anderen dran; wir haben uns die beiden in der kleinen Gasse geschnappt, Überrumpelungstaktik; bloß gut, dass da der Seitenausgang des Parks ist, etwas versteckt, als die zwei merkten, was los war, hatten wir sie schon im Auto mit einem Sack über'm Kopf; nur der Hund hat gebellt, aber es war schon zu spät. Und jetzt hört dieser verdammte Köter, diese Scheißtöle, nicht auf zu nerven. An den Hund hatten wir nicht gedacht. Der Lima, dieser Großkotz, hat ja alle Daten gesammelt – sogar den Namen des Hundes, Baleia, Walfisch, was für ein bescheuerter Name für so'n kleinen Knirps, der vor lauter Locken nicht aus den Augen gucken kann. Wo haben sie den nur ausgegraben? Ich hab Lima nochmal gefragt, ob der Name stimmt. Er würde die Hand ins Feuer legen und dann sagt er auch noch: Wieso, ist doch klar, so wie's in dem Bericht steht – der Kerl wollte mich wohl für dumm verkaufen. Aber es hilft alles nichts, Name hin, Name her, der Hund reagiert nicht darauf, hat vom ersten Tag an nichts mehr gefressen, schlabbert ab und zu ein bisschen Wasser und das war's; es ist jetzt schon sechs Tage her, er frisst nicht und krepiert auch nicht, liegt nur 'rum und lässt die Ohren hängen, stellt sich tot, wenn man näher kommt, knurrt er, dieses Mistvieh, als wollte er uns anklagen, als wüsste er alles; er regt sich nur, wenn die Tür aufgeht. Hellwach und mit gespitzten Ohren, schon lange, bevor man durch die Tür ist, hat er's gemerkt und springt auf, die Ohren kerzengerade; wahrscheinlich denkt er, jetzt kommen Herrchen und Frauchen, wenn er merkt, dass es nicht so ist, sinkt er in sich zusammen. Jedes Mal das Gleiche, er ist mit einem Satz auf den Beinen, total aufgekratzt, danach bricht er zusammen, dummes Viech, kapiert nicht, dass sie nie mehr zurückkommen werden. Wie können Hunde bloß so pfiffig und gleichzeitig so blöd sein? Es hätte in dem Bericht stehen müssen, dass das Paar auf seinen Spaziergängen den Hund mitnimmt, woher sollten wir das denn wissen? Lima hat vergessen, es zu vermerken, das ist die Wahrheit, er sagt, er hat nichts vergessen, wir hätten nur zwei und zwei zusammenzählen müssen, wenn da steht, dass sie einen Hund haben und jeden Nachmittag spazieren gehen, ist ja wohl klar, dass sie mit dem Hund bei dieser Gelegenheit Gassi gehen, damit er seinen Auslauf hat und seinen Haufen machen kann, wir sind eben minderbemittelt, hat er gesagt, hat sich immer weiter über uns lustig gemacht, das Arschloch. Er hat auch nicht gesagt, dass der Hund ein Rassehündchen ist, wie die Schoßhündchen dieser Madams; es will mir nicht in den Kopf, wieso die zwei Terroristen sich so'n Hund angeschafft haben, wer weiß, vielleicht waren es ja gar keine Terroristen, das passt so gar nicht zusammen, oder vielleicht war der Fiffi nur ein Tarnmittel oder er war ein Wachhund mit seinen feinen Ohren, der Alarm schlug, aber diesmal hat er versagt, hat zu lange gebraucht, hat zu spät gebellt, ob er sich schuldig fühlt? Das werden wir nie wissen und es ist Zeit, dass wir ihm endlich den Garaus machen, das hält doch sonst kein Schwein aus. In der Nacht ist es am schlimmsten: Er hört nicht auf zu heulen, als wollte er verhindern, dass wir ein Auge zutun, die ganze Nacht dieses ewige Gewimmere; ich verstehe den Chef nicht, ein Hardliner, aber wenn ich davon rede, dass ja noch der Hund da ist, dass er eine Gefahr ist, stellt er sich taub. Ständig geht er einem mit seiner Fragerei auf den Senkel, ob wir tatsächlich keine Spuren hinterlassen haben, ob uns jemand gesehen hat, er will jede Einzelheit wissen, um sicher zu gehen, dass keiner je erfahren wird, dass wir das Pack verschwinden lassen; ich sage ihm, da ist noch der Hund, der kann uns in eine brenzlige Lage bringen, ein Freund von ihnen kann den Hund erkennen und wir sind geliefert, und er tut nur so, als hätte er nichts gehört. Als ich erzählt habe, dass er die ganze Zeit nichts mehr gefressen hat, hat er mir die Schuld in die Schuhe geschoben, das Futter, das wir dem Kleinen gegeben hätten, sei schlecht gewesen, er ließ sogar dieses teure Hundefutter besorgen, für dreißig Kröten das Kilo, teurer als Filet Mignon; am Schlimmsten hat er sich gestern aufgeführt, als ich sagte, wir sollten den Hund abschaffen, er hat mich zur Schnecke gemacht, ich sei ein Unmensch, ein Feigling, wer einen Hund misshandelt, ist feige; am liebsten hätte ich ihn gefragt: Und wer diese armen Studenten, die schon im Gefängnis sitzen, die Vater und Mutter haben, umbringt, ihren Körper dann auch noch vierteilt und die Körperteile vernichtet, kein Fitzelchen zurücklässt, was ist der? Gut, dass ich das Maul gehalten habe. Ich weiß nicht, welche Laus mich gebissen hatte. Es ist diese verdammte Nervensäge von Hund, der mir keine Sekunde Ruhe gönnt, der Chef lässt sich ja hier nur blicken, wenn ein neuer Gefangener reinkommt. Frischfleisch – sagt er –, presst das Geständnis, das er haben will, aus ihm heraus, erteilt uns den Befehl, mit ihm Schluss zu machen, und geht. Aber wir sind die ganze Zeit über hier, ständig dieses Gejaule, das einen fertig macht, aber ich hab schon die Lösung: Ich gebe ihm höchstens noch zwei Tage, wenn er dann nicht von allein verreckt, kriegt er 'ne Portion von dem Gift, das wir diesem ehemaligen Abgeordneten verabreicht haben.

## Der Tag, an dem die Erde stillstand

K. klammert sich am Radio fest, andere warten vor dem Fernseher, eine Menschengruppe hat sich vor dem Großbildschirm gebildet, auf dem die Zeitungsnachrichten des *Estadão* zu lesen sind; Mütter, Schwestern, Frauen in voller Erwartung. Sie harren des Augenblicks mit der Vorfreude derer, die den Sternenhimmel beobachten, mit gezücktem Fernglas auf die einzige Sternenfinsternis des Jahrhunderts warten. Nun dürfen sie Hoffnung schöpfen. Der Staatspräsident hatte angekündigt, dass an diesem Tag um zwölf Uhr mittags der Justizminister Armando Falcão den Aufenthaltsort der Verschwundenen bekannt geben würde.

Als der Moment der Bekanntmachung näher rückt, ist es, als ob die Sonne plötzlich am Himmel stehen bliebe; die Luft regt sich nicht mehr; die Welt scheint den Atem anzuhalten. Ein Tabu wird gebrochen. Die Regierung wird Auskunft geben über die Verschwundenen; deshalb erblüht die Hoffnung in neuem Glanz. Es sind bereits sechs Monate vergangen, seit der Kardinal und Erzbischof von São Paulo die Liste mit den Namen von 22 Verschwundenen herausgegeben hat. Die Zeitungen haben die Nachricht, wenn auch diskret, aufgegriffen und sind das Risiko eingegangen, die unberechenbare Zensurbehörde zu verärgern.

Das ist der Stand der Dinge. Um Punkt zwölf Uhr beginnt die Übertragung. Nach und nach werden Namen in alphabetischer Reihenfolge genannt. K.s Hoffnung schwindet. Der Name seiner Tochter, der dieser Logik zufolge unter den ersten hätte sein müssen, ist nicht dabei. Andere, die der Mitteilung aufmerksam folgen, überfällt Sprachlosigkeit. Einer ist auf der Flucht, ein anderer ist nie verhaftet worden, wieder ein anderer ist auch geflüchtet. XY ist wieder auf freiem Fuß, nachdem er seine Strafe abgesessen hat.

Plötzlich fällt der Name eines angesehenen Wirtschaftsprofessors, der nie verschwunden ist, der immer noch unter seiner alten Adresse wohnt und sich an denselben Orten aufhält, wo er sich immer aufgehalten hat, wenn er auch von der Universität vertrieben wurde, gefolgt von der arglistigen Behauptung, er sei verschwunden. Und dann noch einer, der genauso verhöhnt wird. An Stelle von 22 Aufklärungen 27 Lügen. Plötzlich, am

Ende, ein Hinweis auf K.s Tochter. Über sie sowie ihren Mann und zwei andere, lautet die Mitteilung, ist den Regierungsstellen nichts bekannt.

Die Militärs haben das Versprechen des Regierungschefs eingelöst in Anlehnung an die Logik der Bekämpfung gegnerischer Kräfte durch psychische Gewaltanwendung. In dieser Art von Kriegsführung gilt die Verblendung des Feindes als legitimes Mittel; es entspricht der Vernebelungstaktik in einem konventionellen Krieg. Diejenigen, die einen humanitären Ausgang für die Opfer eines bereits gewonnenen Krieges erhofft hatten, haben sich getäuscht. Im Gegenteil, die falsche Namensliste hat sich als zielsichere Waffe einer neuen Strategie der psychischen Folter erwiesen. Es wäre besser gewesen, sie hätten ihr Schweigen gewahrt, geht es K. durch den Kopf.

Die Liste ist zu Ende, die Sondermitteilung des Justizministers abgeschlossen. Einige Sekunden verstreichen, dann setzt die Sonne ihren Lauf fort; alles gerät in Bewegung; die Menschen gehen wieder ihrer Wege. K. rührt sich nicht von der Stelle; er fühlt sich sehr müde.

## Die Öffnung

*»Was könnten sie dir antun,
das sie nicht bereits getan hätten?«*
Moses ben Jacob ibn Ezra

I

Mineirinho, hol mir doch mal den Fogaça aus dem Zellentrakt hoch. Ich hab eine kleine Aufgabe für diesen Ganoven, danach lass ich ihn frei. Sag in der Sicherungsverwahrung Bescheid, dass er raus kommt. Sag ihm, er soll sich fertig machen, seine Sachen packen. Diese Schurken glauben, ich hab Angst vor hohen Tieren. Hohe Tiere lassen mich absolut kalt. Ob's dieser infame General Golbery ist, der sich jetzt bei allen lieb Kind macht, oder der Staatspräsident oder der Papst oder dieser widerliche amerikanische Senator, ich scheiß auf sie alle. Sie haben mir einen Freibrief erteilt, ich soll die Kommunisten kalt machen, oder etwa nicht? Ich habe sie kalt gemacht, oder etwa nicht? Die können mich mal. Was geht mich das an, ob der Alte mit dem Senator gesprochen hat und der einen Brief geschrieben hat, ob sie Druck machen – ob sie Druck machen, ist mir scheißegal.

II

Setz dich, Fogaça. Mann, setz dich endlich hin. Hör mir mal zu – warum zitterst du denn so? Hör auf zu zittern, du Schwachkopf. Du wirst mir einen kleinen Gefallen tun. Wenn du alles zu meiner Zufriedenheit erledigst, lass ich dich frei. Kapiert? Du wirst diesen Telefonhörer da abheben und ich gebe dir eine Nummer, es wird sich ein alter Knacker melden und du wirst deinen Namen sagen, nein, kein Problem, kannst deinen Namen ruhig nennen, sag ihm, du wurdest gerade aus dem Gefängnis des DOPS entlassen und du hast seine Tochter dort gesehen. Der Alte wird durchdrehen, wird Luftsprünge machen vor Freude, er wird dir 'ne Menge Fragen stellen, wie es seiner Tochter geht, du sagst gar nichts, nur, dass du sie gesehen hast und sie dir die Telefonnummer zugesteckt hat. Er wird dich treffen wollen, wird dich fragen, wo du bist. Die Sache ist folgende: Du sagst, du bist am ZOB, gleich neben dem DOPS, dass du vom Busbahnhof anrufst und in wenigen Minuten abfährst. Dass du nur das Geld für den Bus hast, nach Tatuí fährst, dass deine Familie in Tatuí lebt. Der Alte wird darauf bestehen, dich zu treffen, du sagst, das geht nicht, du musst weg. Dann wird er dir sagen, du sollst ein Taxi nehmen und zu ihm nach Hause kommen, er bezahlt das Taxi, oder er holt dich ab. Richte es so ein, dass er dich abholt. Sag, du wartest auf ihn vor der Apotheke neben dem ZOB. Aber er soll schnell machen. Frag ihn, was für'n Auto er hat. Hast du verstanden, du Hosenscheißer? Sieh zu, dass du das hinkriegst, dann kommst du hier raus. Wenn du Mist baust, bist du schneller zurück im Knast als du denken kannst. In Einzelhaft. Mineirinho, wähl mal die Nummer und gib ihm den Hörer rüber. Der Kerl zittert ja so stark, dass er nicht mal den Hörer halten kann.

III

Mineirinho, hast du gesehen, wie gut das mit Fogaça funktioniert hat? Aber nicht so, wie du glaubst, Mineirinho. Der Alte ist nicht gekommen, weil er uns auf den Leim gegangen ist, Mineirinho. Dieser Alte ist nicht doof. Er ist gekommen, weil er kommen musste. Er musste kommen, verstehst du? Das ist ja gerade der Witz an der Sache, Mineirinho, die Psychologie. Er musste kommen, auch wenn er kein Wort geglaubt hat. Und weißt du, warum? Weil er diesen Haifischen hinterherläuft, nach so langer Zeit, er will nicht akzeptieren, dass es mit seiner Tochter aus und vorbei ist. Er weigert sich. Deshalb klammert er sich an jeden Strohhalm, auch wenn er weiß, es ist eine Finte. Nicht hinzugehen, es nicht zu versuchen, das kann er nicht. Weißt du was, Mineirinho, da kommt mir gerade eine tolle Idee.

IV

Mineirinho, kannst du dich an den Alten erinnern, den wir fertig gemacht haben, als wir verlangt haben, Fogaça soll so tun, als ob er seine Tochter gesehen hat? Weißt du, dass dieser Alte nicht locker lässt? Da müssen wir uns was Besseres einfallen lassen. Such mal seine Adresse da raus, ich versuch den Rocha anzurufen, in Lissabon, es sind drei Stunden Zeitunterschied, es müsste noch klappen.

V

Hallo? Bin ich mit dem Konsulat verbunden? Geben Sie mir mal bitte den Rocha, sagen Sie, Fleury möchte ihn sprechen.

Hey, Rocha, wie geht's, wie steht's? Alles klar? Ich will, dass du folgendes für mich erledigst. Besorg mal 'n paar von diesen Plakaten der Hauptleute da, von dieser komischen Nelkenrevolution, diesem Affentheater, und schick sie per Post an die Adresse, die Mineirinho dir gleich geben wird. Mach ein Paket und schick es per Luftpost, nein, keine schriftliche Nachricht. Nur die Adresse und den Absender. Den Absender schreibst du mit der Hand, versuch, es wie die Handschrift einer Frau aussehen zu lassen. Mineirinho, gib mal die Adresse des Alten und den vollständigen Namen der subversiven Tante an Rocha durch. Bald wird dieser Alte wieder im Karree springen. Dieser Plagegeist. Wenn die Instruktionen nicht wären, den Laden dicht zu machen, würde ich dafür sorgen, dass einer dieser Alten dran glauben muss, nur damit die anderen aufhören zu nerven. Entweder würde ich ihn kalt machen oder diese Zuzu, diese läufige Hündin, die auch die Fäden in der Hand hält – in den Staaten.

VI

Mineirinho, das Paket, das Rocha in Lissabon aufgegeben hat, ist angekommen. Lima hat es bei der Post gecheckt. Inzwischen weiß der Alte sicher schon nicht mehr, was oben und was unten ist. Jetzt landen wir den letzten Coup. Ruf mal unsern Mann in Bom Retiro an, den von der Galerie, und sag ihm, die Tante würde morgen aus Portugal mit einem TAP-Flug in Guarulhos landen. Lima hat schon nachgesehen, es gibt morgen einen Flug der TAP. Damit wir den Alten endlich weichkriegen. Langsam kommt mir die Wut hoch bei diesem dreckigen Juden. Der Alte kann uns noch das Leben schwer machen. Lass ihn zum Flughafen fahren, warten, bis alle Fluggäste draußen sind, einer nach dem anderen, schön langsam, und von seiner Tochter nicht die Spur. Wir müssen ihn hetzen, bis er müde wird, bis er nicht mehr kann, bis er einen Herzinfarkt bekommt, dieser Aufwiegler.

VII

Es gibt wieder Anweisungen von der Oberliga, Mineirinho. Es sieht nicht gut aus, es mischen immer mehr Leute mit, sie machen Druck. Außerdem ist der Bericht von Lima über das Treffen der Familienangehörigen mit dem Erzbischof alles andere als positiv. Jetzt geht's nicht mehr nur um den Alten, um Zuzu und noch'n paar andere, jetzt geht's um Politik. Es ist eine Bewegung entstanden. Und diese Schwachköpfe da oben reden von politischer Öffnung. Ist das die Zeit, um von Öffnung zu reden? Man muss den richtigen Moment abpassen, Mann. Wir sind noch nicht ganz fertig mit unserer Arbeit.

Wir müssen das Ganze anders herum aufziehen, Mineirinho. Der Feind, das sind jetzt die Familien der Terroristen. Wir müssen unsere Gehirnzellen etwas mehr anstrengen, Mineirinho. Wir müssen diese Angehörigen über die Psychologie drankriegen.

Folgendes: Mineirinho, ruf mal einen von diesen Arschgeigen aus dem Komittee der Familienangehörigen an, egal wen, irgendeinen von der Liste, die Lima gemacht hat. Ruf an und sag, einige von den verschwundenen Frauen seien als geistesgestört in die Psychiatrische Anstalt Juqueri eingewiesen worden. Sag, diese Chemiedozentin sei eine davon, aber dass es auch andere gibt, deren Namen du nicht kennst. Sag, du bist als diensthabender Arzt in der Anstalt gewesen und leg auf. Gib ihnen keine Chance, noch etwas zu fragen. Hast du verstanden, Mineirinho?

## VIII

Mineirinho, nur nicht die Geduld verlieren, ich wusste es. Es hat eine Woche gedauert, aber es hat funktioniert. Ich wusste, dass sie anbeißen und dass der Alte sich bald auf die Socken machen würde. Er ist allein nach Franco da Rocha gefahren, ohne viel Aufhebens, klopft einfach an die Tür der Anstalt und sagt, er will seine Tochter sehen. Ach, es sind noch zwei andere mitgefahren? Siehst du, sie treten also schon als Gruppe auf. Das war abzusehen. Sind wahrscheinlich alle auf hundertachtzig und versuchen herauszufinden, wie man Zugang zu der Anstalt bekommt, einen Arzt findet, einen Beamten der forensischen Psychiatrie. Jetzt lassen wir die Sache eine Zeitlang auf sich beruhen. Bis sie irgendwann aufgeben.

## IX

Die Geschichte mit der Psychiatrischen Anstalt Juqueri ist schon zwei Monate her. Der Lima sagt, da tut sich nichts mehr. Die Anstalt haben sie abgehakt. Er sagt, jetzt schnüffeln sie beim Institut für Rechtsmedizin herum. Der Alte hat mit den anderen zusammen dem Institut für Rechtsmedizin einen Besuch abgestattet. Sie werden dort nichts finden, aber das mit der Rechtsmedizin ist immer so 'ne Sache, gefährlich, zu nahe an anderen Maßnahmen dran, nicht wahr? Ich weiß nicht, Mineirinho, ich denke, wir müssen immer ganz vorne sein, wir könnten unsere Leute im Ausland stärker aktivieren. Lurdes, zum Beispiel, die in Ottawa, die ist schwer in Ordnung. Sag ihr, sie soll den Alten anrufen und ihm erzählen, dass sie seine Tochter dort gesehen hat. Sie soll sich eine Story ausdenken. Sich als brasilianische Touristin ausgeben, sagen, sie sei in einem Café gewesen und eine blonde junge Brasilianerin hätte gehört, dass sie portugiesisch sprach und sich vorgestellt und ihr die Nummer des Vaters gegeben. Dass sie nicht gewartet hat, bis sie wieder zurück in Brasilien ist, sondern direkt von dort anruft, aus Sympathie – ja, genau. Diese Lurdes ist absolut okay, sie übernimmt das sicher gern.

## X

Mineirinho, wir machen da etwas falsch. Diese Hurensöhne geben nicht auf. Ob du's glaubst oder nicht, Mineirinho, der Alte hat es geschafft, den Kissinger einzuspannen. Scheiße, Mineirinho, weißt du, wer Kissinger ist? Er ist der Typ, der den ganzen Plan ausgeheckt hat. Dieser Amerikaner, helles Köpfchen. Nur dass die Situation sich dort geändert hat. Sie hat sich dort geändert und hier auch. Diese verdammte Öffnung. Weißt du, was an der Sache falsch ist, Mineirinho? Falsch ist, dass wir die Hoffnung der Arschgeigen verlängern mit diesen Geschichten, sie seien in der Anstalt Juqueri, sie seien im Ausland. Sie wissen ganz genau, dass das Vernebelungstaktik ist, aber sie wollen es nicht wahrhaben. Und wir helfen ihnen dabei. Wir müssen den Spieß umdrehen: Wir können sie alle genauso fertig machen, sie genauso demoralisieren oder sogar noch stärker, wenn wir das Gerücht in Umlauf setzen, dass die Leichen verscharrt wurden und zwar immer an einem anderen Ort. Der Versuch, jemanden zu retten, der vielleicht noch lebt, ist eine Sache, aber nach einer Leiche zu suchen, nur um sie feierlich zu begraben, ist etwas anderes. Gib's zu, Mineirinho, ich bin verdammt gut, ha? Nicht mal Falcão ist darauf gekommen.

## XI

Jawohl, Mineirinho, so machen wir das, wir streuen, die Leichen wären da oder dort. Die Gerüchte breiten sich aus. Wir setzen eins in Umlauf, warten ab, zwei Monate oder drei, dann folgt das nächste. Wir machen sie fertig. Dieser Onkel von dir, der in Ibiúna bei dem großen Churrasco-Essen war, arbeitet der eigentlich noch als Immobilienmakler? Mineirinho, sag ihm, er soll aus der Liste der Bauernhäuser da, die zu verkaufen sind, eins raussuchen, groß und mit einer hohen Mauer drumherum. Am besten leerstehend. Du lässt dir die Lage beschreiben und gibst das an die Familienangehörigen weiter, genau wie im Fall der Irrenanstalt Juqueri. Nur, dass es jetzt um die Toten geht, die Kadaver. Du gibst nur einen Hinweis, nicht die vollständige Adresse, lass sie doch selber denken, sie haben den Ort gefunden.

## XII

Mineirinho, komm, setz dich. An der Sache ist etwas faul. Das gefällt mir gar nicht. Weißt du, wer mich besucht hat? Der Typ von der CIA, Mineirinho, dieser Robert, höchstpersönlich. Dieser alte Mistkerl hat es geschafft, in den Staaten einen von der CIA auf seine Seite zu bringen. Der Robert hat gesagt, es sei Befehl aus Washington gekommen, die Tochter und ihren Mann ausfindig zu machen. Ein Befehl aus den Staaten, Mineirinho. Also, entweder führt dieser Alte mit seinem Scheißlädchen in Tucuruvi uns alle an der Nase herum oder, keine Ahnung, er hat irgendeinen Verwandten in den Staaten, der ein hohes Tier ist. Bloß gut, dass der Robert mir Bescheid gesagt hat. Mineirinho, er hat uns einen Deal vorgeschlagen: Wir lassen die junge Frau und den Ehemann frei, und sie löschen unsere Namen auf allen Dokumenten, die sie in der Hand haben. Du weißt doch, wie es dort läuft, Mineirinho, oder? Früher oder später gelangen diese Dokumente an die Presse, und wir sind geliefert. Robert hat gesagt, dass der Hase jetzt ganz anders läuft. Dass es jetzt an der Zeit ist, die Archive zu bereinigen, die Beweise zu vernichten. Als ob ich das nicht längst wüsste. Die junge Frau freilassen, was hat der Kerl denn im Kopf? Selbst wenn die zwei noch am Leben wären, wie könnte ich sie da freilassen, nach all dem, was passiert ist? Wir sollten doch die Beweise vernichten, oder? Und genau daran haben wir uns gehalten. Schon längst, bevor die Rede davon war. Sag die Wahrheit, Mineirinho, im Vergleich zu mir haben diese Gringos doch nur Hühnerscheiße im Kopf, nichts als Amateure.

## Der Grabstein

»Was du verlangst, ist absurd, einen Grabstein setzen, ohne dass es einen Leichnam gibt ...«

Der Rabbi verleiht seinen Worten Nachdruck. K. hat ihn ausgewählt, weil er zu der modernen Garde gehört. Wer weiß, da er keiner der Orthodoxen ist, wird er vielleicht das Aufstellen eines Grabsteins für seine Tochter neben dem Grab seiner Frau auf dem Israelischen Friedhof Butantã erlauben. Doch der Rabbiner weist nicht nur seine Bitte zurück, sondern er reagiert auf seine Geschichte äußerst kühl.

Einige Monate später wird sich das ändern, nachdem ein anderer, weitaus modernerer, aus den Vereinigten Staaten kommender Rabbi sich an einem ökumenischen Gottesdienst für den jüdischen Journalisten, den die Militärs umgebracht haben, beteiligt. K. ist seiner Zeit ein Stück voraus.

»Es gibt weder im gesamten *Talmud* noch in den vierzehn Bänden der *Mishneh Torah* auch nur ein einziges Wort, das von einer *matseyve* auf einem leeren Grab handelt«, sagt der Rabbi. In professoralem Ton fährt er fort:

»Was bedeutet denn Beerdigung, wenn nicht, der Erde das zurückzugeben, was aus der Erde entstanden ist? Adam, *adamah*, Mensch und Erde, das gleiche Wort; der Körper löst sich allmählich auf und allmählich befreit sich die Seele; deshalb ist das Einäschern oder Einbalsamieren bei uns verboten; es ist verboten, Metallsärge zu verwenden; verboten, sie mit Nägeln zu verschließen und vieles mehr. Ein Begräbnis ohne körperliche Überreste macht keinen Sinn.«

K. muss sich nicht von diesem Rabbiner belehren lassen. Er hat all diese Bücher als kleiner Junge im *kheyder*, in der Schule, gelesen, sogar den *Sohar*. Sicher beherrscht er das Hebräische besser als jeder Rabbiner in São Paulo. Wenn er auch die Religion ablehnt, so kennt er doch ihre Gesetze; er weiß, dass der Stein ein Jahr nach dem Tod gesetzt werden muss, wenn, so die weisen *geoynim*, die Erinnerung an den Toten am stärksten ist.

K. verspürt mit besonderer Intensität die Sinnhaftigkeit dieser Bestimmung, den Drang, einen Stein für seine Tochter aufzustellen, nachdem er sie vor einem Jahr verloren hat. Wenn es keinen Stein gibt, ist das, als ob es sie nie gegeben hätte, und das stimmt nicht: sie hat existiert, ist herangewachsen, ihre Persönlichkeit hat sich entfaltet, sie hat sich ihr Leben eingerichtet, ihr Studium beendet, geheiratet. Er empfindet das Fehlen dieses Grabsteins als ein zusätzliches Unglück, als eine weitere Strafe für seine Ahnungslosigkeit hinsichtlich dessen, was seiner Tochter direkt unter seinen Augen angetan worden ist.

»Ohne körperliche Überreste gibt es kein Ritual, gibt es nichts«, setzt der Rabbi seine Rede fort. Es gibt keine *taharah*, die Wiederherstellung der körperlichen Reinheit. Und weshalb waschen wir den Körper? Weil nur ein reiner Körper auf dem jüdischen Friedhof beigesetzt werden darf ...«

Will dieser Rabbi etwa sagen, meine Tochter sei nicht rein gewesen? Was weiß er denn schon von meiner Tochter ... nichts. Für K. sprach der Rabbiner leere Worte. Sie hatten ihm bereits bei der Beerdigungsgesellschaft, der *Khevrah Kadisha*, gesagt, ohne Leichnam könne man keine *matseyve* aufstellen. Er entgegnete Avrum, dem Sekretär der Beerdigungsgesellschaft, dass am Eingang des Friedhofs Butantã ein großer Gedenkstein an die Opfer des Holocaust steht und in der Erde darunter keine einzige Leiche liegt. Avrum hatte ihn getadelt, weil er das, was mit seiner Tochter geschehen war, mit dem Holocaust verglich, nichts ist mit dem Holocaust vergleichbar, sagte er; er hatte sich sogar erhoben, so verärgert war er. Den Holocaust gibt es nur einmal, er ist einzig und ist das Böse schlechthin. Dem stimmte K. zu, antwortete aber, für ihn sei die Tragödie seiner Tochter die Fortsetzung des Holocaust. Als Argument führte er an, dass es in *Erets Yisro'el* aus dem gleichen Grund üblich ist, auf der *matseyve* des Toten auch die Namen seiner dem Holocaust zum Opfer gefallenen Verwandten aufzuführen. Dieser Verweis auf den Brauch in *Erets Yisro'el* war entscheidend. Der Sekretär gab nach, aber da es eine ähnliche Situation noch nie gegeben hatte, verlangte er die Zustimmung eines Rabbiners. Aus diesem Grund hatte K. den als modern geltenden Rabbi, der noch immer gegen die Aufstellung eines Grabsteins eifert, aufgesucht.

»Die Aufstellung des Grabsteins ist lediglich die letzte Etappe der Bestattung, damit Familienangehörige und Freunde des Toten gedenken können und das Kaddisch für seine Seele sprechen. Welches ist der Ursprung der *matseyve*? Weshalb haben unsere Vorfahren den Stein aufgestellt? Er wurde auf die Gräber gestellt, damit diese nicht verwüstet und die Leichen nicht geschändet wurden, sodass wir zur Ausgangsfrage zurückkehren: Wenn es keine sterblichen Überreste gibt, wenn es nichts gibt, das man verwüsten oder schänden könnte, dann gibt es auch keinen Grund, die *matseyve* zu setzen.«

K.s Interesse ist erloschen. Erbittert fällt ihm erneut die Ansicht ein, die er schon in seiner Jugend vertreten hatte, dass nämlich das Wissen der Rabbiner nichts weiter als ein Wortspiel mit Wurzeln im Mittelalter und ohne Bezug zur Realität ist. Genau diese Rabbiner haben keinen Finger gerührt, als er an ihre Hilfsbereitschaft appelliert hat. Sogar der Erzbischof von São Paulo hat sein Bestes getan und diese Rabbiner überhaupt nichts.

»Es ist auch verboten, die Bösen zusammen mit den Gerechten zu begraben, und es gibt viele andere Regeln, wie du weißt. Für Maimonides dürfen diejenigen, die mit Nichtjuden verheiratet sind, nicht auf dem heiligen Acker beerdigt werden. Auch die Selbstmörder dürfen nicht auf dem Friedhof selbst begraben werden, sondern nur entlang der Mauer.«

Vorhin hat er unterstellt, sie sei nicht rein, jetzt spricht er von Selbstmord. Weiß er irgendetwas? Er weiß von nichts. Oder will er sagen, sie sei keine gute Jüdin gewesen, keine rechtschaffene Frau, weil ihr Mann ein *goy* war? Mit solchen Argumenten hatte man den Polackinnen das Recht auf ein Grab auf dem Friedhof von Vila Mariana verwehrt; sie, die keine Verbrecherinnen waren, nur mittellose, von der Mafia getäuschte Jüdinnen – eine schmerzliche, von allen verdrängte Geschichte –, mussten ihren eigenen Friedhof gründen, im fernen Stadtteil Chora Menino. Die Polackinnen von Santos ebenfalls.

Der Rabbi fährt mit seinen Überlegungen fort: »Ein Friedhof erfüllt auch eine erzieherische Funktion, und zwar die, uns daran zu erinnern, dass, wenn uns der Todesengel holt, wir alle gleich sind; deshalb müssen die Grabsteine schlicht sein, nur ein Stein mit Inschrift, den Namen des Toten, sein Geburts- und sein Todesdatum, die Namen des Vaters und der Mutter.«

K. beginnt zu zweifeln. Ob die Gemeinde sich auch so gleichgültig verhalten hätte hinsichtlich dessen, was seiner Tochter zugestoßen ist, wenn es sich um eine Angehörige der Familien Klabin oder Safra gehandelt hätte? Weder die Gemeinde noch dieser Rabbi und vielleicht auch nicht diese Verbrecher, die der Regierung angehörten, hätten sich so verhalten.

Niedergeschlagen, aber bestimmt verabschiedet sich K. kurz angebunden und geht schnell zur Treppe. Die letzten Sätze des Rabbis hallen noch in seinen Ohren nach:

»Was du im Grunde willst, ist ein Denkmal zu Ehren deiner Tochter und nicht einen Grabstein, eine *matseyve*; aber sie war doch eine Terroristin, nicht wahr? Und du willst, dass unsere Gemeinde einer Terroristin auf dem Gottesacker Ehre erweist, ein Risiko eingeht wegen einer Terroristin? Sie war doch Kommunistin, oder?«

Die gleiche Bezichtigung in Form einer Frage. Sie war genau mit denselben Worten vor einem Monat von einem millionenschweren Juden formuliert worden, dem der Fernsehsender gehörte, ein Freund ehemaliger Staatspräsidenten und Generäle. K. hatte ihn auf Empfehlung eines anderen, auch sehr wichtigen Landsmannes aufgesucht. Er hatte ihm die Geschichte seiner Tochter erzählt in der Hoffnung, über ihn an irgendwelche Informationen seitens seiner Freunde, der Generäle, heranzukommen. Der jüdische Millionär hörte ungeduldig zu und fragte wie jemand, der das Geschehene rechtfertigt und damit das Gespräch beendet: »Aber sie war doch Kommunistin, oder?« Daraufhin hatte K. ihm ins Gesicht geschleudert: »Sie war Dozentin an der USP.«

Betrübt über den Misserfolg hinsichtlich der *matseyve*, kam K. auf die Idee, ein kleines Büchlein als Andenken an seine Tochter und seinen Schwiegersohn zu verfassen. Einen Grabstein in Form eines Buches. Ein Buch *in memoriam*. Das machte man manchmal auch in Polen, wenn auch nicht als Ersatz für eine *matseyve*. Er würde eine ungefähr acht- bis zehnseitige Broschüre zusammenstellen mit Fotos und Erlebnisberichten ihrer Freundinnen, würde hundert Kopien drucken lassen und sie sämtlichen Angehörigen, Bekannten und Freunden persönlich in die Hand drücken; einige würde er auch an die Verwandten in *Erets Yisro'el* schicken.

Es machte mehr Arbeit, als er gedacht hatte. Er musste die Berichte anfordern und abtippen; danach ein Layout entwerfen und die Stellen für die Texte und Fotos auf den acht Seiten der Erinnerungsschrift kenntlich machen. Die Freundinnen der Tochter halfen ihm, denn K. konnte nur auf Hebräisch und Jiddisch fehlerfrei schreiben. Jede von ihnen verfasste einen Text und eine von ihnen machte den grafischen Entwurf. Auf der ersten Seite, so beschlossen sie, sollte das schöne Foto der Tochter bei der Diplomübergabe erscheinen.

Nachdem er sämtliches Material in Händen hielt, beschloss K., die kleine Druckerei in seiner Nähe aufzusuchen, die einem anarchistischen Italiener namens Ítalo gehört hatte, einem seiner alten Kunden, bereits verstorben, mit dem K. des öfteren ironische Ansichten über Politik ausgetauscht hatte. K. zog stets die Läden in seinem Stadtteil vor. In der Vergangenheit hatte diese Druckerei eine kleine anarchistische Zeitung mit dem Namen *Labor* gedruckt. Nun, nachdem der Sohn sie übernommen hatte, wurden hier Hochzeitseinladungen, Visitenkarten und Rechnungsformulare gedruckt.

Am Tag darauf schaute K. nochmals in der Druckerei vorbei, um sich den Kostenvoranschlag abzuholen und zu fragen, wann das Büchlein fertig wäre. Der junge Mann empfing ihn äußerst aufgebracht:

»Können Sie mir erklären, wie Sie dazu kommen, subversives Material in meine Druckerei zu bringen? Hier, nehmen Sie das und verschwinden Sie und kommen Sie mir bloß nie wieder mit einem solchen Anliegen. Wo soll denn das hinführen, ein anarchistisches Pamphlet, eine politische Aktivistin, die verschwunden ist, eine Kommunistin. Sie war doch Kommunistin, oder?«

## Die Hilfsbedürftigen

Wenn die Jahre einem zur Last werden, sollte es doch so sein, dass die Kinder sich um Vater und Mutter kümmern und sie zur letzten Ruhe betten; ihre Kinder und die Kinder ihrer Kinder werden es genauso machen, und so geht's immer weiter. Wie es jetzt weitergehen soll, weiß ich nicht. Sie haben ja noch Ihren kleinen Laden, Ihre Tochter hat davon erzählt, aber wir, was haben wir? Die Frau hat zwar eine Rente, aber die ist ziemlich knapp; ich selbst hab nicht mal das. Er war der erste in der Familie, der ein Diplom gemacht hat, er war fleißig, hat tagsüber gearbeitet und abends studiert, er hat gut verdient, an jedem Monatsende ist er hergekommen, hat alle Rechnungen bezahlt, Strom, Wasser; alles, was wir im Lebensmittelladen und beim Fleischer anschreiben ließen, hat er übernommen. Er war's, der uns zu dem zweistöckigen Häuschen hier verholfen hat, er hat sich um den ganzen Papierkram gekümmert, die Anzahlung auf den Tisch gelegt und dann die Raten abbezahlt, da konnten wir ganz beruhigt sein. Unsere Jüngste hilft ja, wo sie kann, aber es ist nicht viel; sie lebt getrennt, muss ihre Tochter durchbringen. Die Haare meiner Frau, die immer noch ganz gut beieinander war, sind vor Kummer weiß geworden, jetzt heult sie bei jeder Kleinigkeit los. Meine alten Knochen sind zu nichts mehr zu gebrauchen; es war ein Arbeitsunfall, aber sie haben mir nur dieses magere Schmerzensgeld zugesprochen, das kaum für die Medikamente reicht, und dann musste ich mir auch noch anhören, sie täten mir sogar einen Gefallen, denn ich war ja nicht krankenversichert. Er hat recht gehabt, wenn er sagte, ich sollte immer ein bisschen mehr verlangen, für's Alter auf die hohe Kante legen; er sagte, sie würden mich brauchen, er hatte eine Wut auf die Fabrikanten, wissen Sie? Und es stimmt, sie haben mich wirklich gebraucht. Hier in der ganzen Umgebung, wen haben sie da gerufen, um ihre Kessel zu flicken, die Rührgeräte und Pumpen zu reparieren? Immer nur mich. Ob am Tag oder in der Nacht, von hier bis Aparecida und auf der anderen Flussseite, in Caçapava genauso wie in Jacareí; damals gab's überall Molkereien, Weiden und Äcker, danach ist alles den Bach runter gegangen; das hat er auch mitgekriegt, er hat nicht viel geredet, wissen Sie, war kurz angebunden, aber er hat früh gemerkt, dass es mit der Landwirtschaft bald vorbei sein würde. Dann kamen die Montage- und Ersatzteilfabriken; irgendwann müssen die Leute Schrauben futtern, dann war's das mit der Milch und dem Quark, auch Dickmilch oder Butter oder Zucker gibt's dann nicht mehr; ich übertreibe, glauben Sie? Ja, vielleicht, es war nicht er, der das behauptet hat, ich spinne ein bisschen herum, er hat nie etwas gesagt, das nicht Hand und Fuß hat. Haben Sie diesen Haufen Bücher in der Garage gesehen? Alle von ihm ... jetzt sind sie für die Katz. Ich hab ja das ABC gelernt, aber seit dem Unfall können die Augen nicht mehr alles entziffern, es reicht gerade mal so für die Sportseite, und davon auch nur so'n kleiner Teil; für ihn waren die Bücher heilig, niemand durfte sie auch nur anfassen. Lesen konnte er schon ganz früh. Schon als kleiner Bub, die anderen waren am Spielen und er steckte die Nase immer ins Buch; die Jungs ließen die Drachen steigen und er ging zu seinem Onkel, um sich Bücher zu holen – hab ich schon von diesem Onkel erzählt, nein, nicht? Der Rubens ist mein Schwager, der Bruder meiner Frau, er war Gewerkschaftsführer; durch ihn hat mein Sohn sich das mit dem Lesen und der Politik angewöhnt; aber ich gebe dem Rubens nicht die Schuld, ich gebe niemandem die Schuld. Es ist Schicksal. Wir sind auf der Welt, um unsere Schuld abzubüßen, nicht wahr? Ich erinnere mich an meinen Jungen in der ersten Zeit auf dem Gymnasium, da hatte er sich in den Kopf gesetzt, so 'ne Schülerzeitung zu machen, große Aufregung das alles, bei der Abschlussfeier der Unterstufe hat er die Rede gehalten; er war erst vierzehn und hielt schon eine Rede; in der Oberstufe hatte er's mit irgendwelchen Projekten von der Kirche, so einer Paulo-Freire-Bewegung, er ging in die Armenviertel und brachte den Arbeitern das Lesen bei; als Präsident Jânio Quadros abgedankt hat und der ganze Streit mit den Militärs anfing, hing er von früh bis spät am Radio. Ab dann hat ihn die Politik nicht mehr losgelassen; er gab erst Ruhe, als er an der Uni war, aber heute denk' ich, die Ruhe war nur äußerlich, keiner sollte was merken. Der Rubens hat ihm Bescheid gesagt, als das Regiment von Caçapava schon parat stand, schon bevor das alles passiert ist, er hat gesagt, die beiden sollten vorsichtig sein. Ins Kino ging er auch gern, das machte er regelmäßig, zweimal die Woche, wenn das neue Programm rauskam, war er dabei; Fußballspiele haben ihn nicht interessiert, wenn das Gespräch auf Fußball kam, hatte er keine Meinung, nicht mal die Spieler kannte er.

Er hat auch nie eine Freundin gehabt, bis zu dem Tag, als er hier mit Ihrer Tochter aufgekreuzt ist, nur wenn ich dran denke, wird mir kalt ums Herz; er kam und stellte sie vor, ziemlich ungeschickt, und sie so höflich, die Nachbarn waren richtig angetan, großartig. Manchmal sind sie auch ausgegangen, im Stadtzentrum auf dem Platz ein Eis essen oder zur Kirmes oder zum Fest des wundertätigen São Gonçalo oder zu einem anderen Volksfest, São João. Sie war nicht nur freundlich zu ihm, sondern zu der ganzen Familie, das ist die Wahrheit und ich meine es ehrlich; wenn Sie möchten, kann ich aufhören. Als diese Anzeige in der Zeitung war mit ihrem Foto, sie als verschwunden gemeldet, ist meine Tochter heimgekommen und hat's uns gezeigt; ich musste meiner Alten einen Stuhl holen, von da an haben die Sorgen nicht mehr aufgehört, sogar die Nachbarn waren anders, es hagelte schiefe Blicke, auf einmal waren sie gegen uns, konnten uns nicht mehr leiden, hier kennen sich ja alle, das Ganze ging wie ein Lauffeuer von Mund zu Mund; meine Tochter hat fast ihre Arbeitsstelle im Rathaus verloren; na ja, sie hat's geschafft und die Leute haben sich wieder eingekriegt, aber es gibt immer noch ein paar, die lieber auf der anderen Straßenseite langgehen, da kann man nichts machen, oder? Die Leute sind, wie sie sind; meine Frau hatte sie richtig lieb gewonnen, ständig waren sie am Quatschen, auch meine Tochter, alle drei, das ist die volle Wahrheit, es gab keinen, der sie nicht mochte ... Wenn Sie wollen, hör ich auf zu erzählen ... Sie tratschten über alles, sogar über mich, über das Aspirin, das ich dreimal am Tag schlucke; Ihre Tochter hat gesagt, wenn ich keine Schmerzen habe, soll ich es auch nicht nehmen, sie verstand was davon, hatte studiert und so, aber mit meinen Tabletten kenn ich mich aus. Sie war genau wie er, immer ein Buch in der Hand; was jetzt aus uns werden soll, weiß ich nicht, in der Familie war er unsere Stütze, er kaufte ein, kümmerte sich um alles, brachte warme Kleider, wir haben jetzt jeden Halt verloren, so etwas dürfte nicht sein, die Kinder sollten ihre Eltern beerdigen und nicht die Eltern ihre Kinder.

## Unantastbarkeit – ein Widersinn

Der Vater, der seine verschwundene Tochter sucht, fürchtet sich vor nichts. Wenn er zunächst Vorsicht walten lässt, geschieht das nicht aus Furcht, sondern weil er wie ein Blinder, verstört, sich erst einmal in dem unerwarteten Labyrinth der gegebenen Situation zu orientieren versucht. Der Anfang ist eine Lehre, er muss die Gefahr als solche einschätzen, nicht für sich selbst, denn er hat vor nichts Angst, sondern für die anderen: die Freundinnen, Nachbarn, Studienkollegen.

Am Anfang besteht ja noch Hoffnung, man denkt nicht an das Undenkbare; wer weiß, vielleicht kann man ja unauffällig die Ausnahme erwirken. So verfahren die Instanzen, die über eine tausendjährige Erfahrung im Umgang mit den Despoten verfügen, ohne großes Gehabe, ohne anzuklagen. Allein aus diesem Grund geht der Vater, der nach seiner verschwundenen Tochter sucht, am Anfang vorsichtig vor.

Dann, nachdem viele Tage ohne Antwort ins Land gegangen sind, erhebt dieser Vater seine Stimme; seine Beklemmung verbietet jedes Flüstern, er spricht unverhohlen seine Freunde, die Freunde seiner Freunde und sogar Unbekannte an; so sondiert er das Terrain – immer noch wie ein Blinder mit seinem Stock –, versucht, die hohe, gleichgültige Mauer des Schweigens zu überwinden, die ihn daran hindert, die Wahrheit zu erfahren.

Er stößt auf die Mauer, ohne auf die Tochter zu stoßen. Bald wird er es satt haben, um Aufmerksamkeit zu betteln. Als die Tage ohne jede Nachricht zu Wochen werden, beginnt der Vater, der nach seiner verschwundenen Tochter sucht, zu schreien, hemmungslos; er wird zum Störfaktor, belästigt andere mit seinem Unglück und seinen unerfüllbaren Forderungen nach Gerechtigkeit.

Der Strudel, der die Menschen in die Tiefe zieht, dauert noch an, die Repression setzt sich erbarmungslos fort, aber der Vater, der nach seiner Tochter sucht, fürchtet sich immer weniger. Unglücklich, wenn auch ungehalten, begreift er alsdann den großen Widersinn seiner Unantastbarkeit. Jeder Einzelne kann von diesem Strudel erfasst und in die Tiefe gerissen werden oder einen Unfall erleiden und in einem Loch verwesen, nur nicht er. Ihn verschont der Repressionsapparat, auch wenn er laut seine Stimme erhebt. Ihn anzugreifen, käme einem Eingeständnis gleich, einer Vergeltung.

Er fühlt sich unantastbar. Er wendet sich an die Presse, marschiert unerschrocken mit hochgehaltenen Plakaten herum und bietet der Diktatur die Stirn, verhöhnt die Polizei; er demonstriert wie die Mütter der Plaza de Mayo, Untote, die die Lebenden in Schrecken versetzen; von einer unübertragbaren Aufgabe erfüllt, lässt er sich von nichts mehr aufhalten. Manche bedenken ihn mit ängstlichen Blicken aus den Augenwinkeln, andere bekunden Zustimmung.

Als er in einem der Schaufenster des großen Boulevards das Spiegelbild seiner selbst sieht, ein alter Mann unter anderen alten Männern und Frauen, der die vergrößerte Fotografie seiner Tochter wie eine Standarte hochhält, nimmt er bestürzt seine eigene Verwandlung wahr. Er ist nicht mehr er selbst, der Schriftsteller, der Dichter, der Jiddischlehrer, er ist kein Individuum mehr, sondern ein Symbol, eine Ikone: der Vater einer verschwundenen Regimegegnerin.

Als die Wochen zu Monaten werden, übermannt ihn die Müdigkeit und sein Eifer ist gebremst, doch er gibt nicht auf. Der Vater, der seine verschwundene Tochter sucht, gibt niemals auf. Jegliche Hoffnung hat ihn verlassen, aber er gibt nicht auf. Jetzt möchte er wissen, wie es passiert ist. Wo? Wann genau? Er muss es wissen, um seine eigene Schuld ermessen zu können. Aber sie hüllen sich in Schweigen.

Noch ein Jahr, und die Diktatur wird sich endlich im Todeskampf winden, so scheint es allen; aber es wird nicht der Kampf sein, der dem Tod vorausgeht, es wird eine schleppende, selbstkontrollierte Verwandlung sein. Der Vater, der seine verschwundene Tochter sucht, wird weiterhin die Stange mit dem vergrößerten Foto an der Spitze hochhalten, aber die zustimmenden Blicke werden seltener werden. Andere, passendere Fahnen werden geschwungen, andere Blicke geworfen. Die Ikone wird nicht mehr erforderlich sein; sie wird einfach nicht mehr ins Bild passen. Der Vater der verschwundenen Tochter wird beharrlich weitermachen, dem gemeinen Menschenverstand zum Trotz.

Einige Jahre später wird das Leben wieder normal weitergehen, so wie es bei den meisten Menschen stets der Fall gewesen ist. Alte werden sterben, Kinder geboren werden. Der Vater, der seine verschwundene Tochter gesucht hat, wird nicht mehr weitersuchen, bezwungen von der Erschöpfung und der Gleichgültigkeit. Er hält nicht mehr die Stange mit der Fotografie hoch. Er ist keine Ikone mehr. Er ist gar nichts mehr. Er ist der nutzlose Stamm eines vertrockneten Baumes.

## Zwei Berichte

**Bericht Agent Souza, 20. Mai 1972.** Treffen des Regionalkommandos ALN/RJ. Teilgenommen haben die bereits amtsbekannten Elemente: Clemêncio (alias Clemens oder Alcides), Márcio (alias Cid), Álvaro (alias Fernando oder Mário) und ein gewisser Rodriguez, noch nicht in den Akten, sowie der Unterzeichnete. Auf der Praça Saenz Peña Kontaktaufnahme zu Márcio, einzige Verbindung nach der Liquidierung von Yuri. Die Genannten hatten sich an einem neuen oder alten Stützpunkt getroffen, der aber nicht preisgegeben wurde. Zu vermerken: heruntergekommenes Mietshaus in der Conde de Bonfim 663, 1-Zimmer-Apartment mit Kitchenette erster Stock, zweite Wohneinheit Ende des Flurs, Fluchtweg über hinteres Fenster Richtung Nebenanlage des Elektrizitätswerks Light; kein Pförtner; nicht mal nötig, Aufzug zu nehmen. Tür von innen mit zwei gehärteten Stangen bewehrt. Dickes, am Fenster befestigtes Seil erleichtert Flucht im Fall einer Wohnungsstürmung. Die Schlüssel hatte Márcio. Zehn Minuten später tauchte das unter dem Namen Álvaro bekannte Element auf sowie ein unbekanntes, das als Rodriguez vorgestellt wurde. Zu Rodriguez: mittelgroß, schlank, schwarze Haare, markantes Gesicht mit vorstehendem Unterkiefer und dichten Augenbrauen, zwischen achtundzwanzig und dreißig Jahre alt. Phantombild anfertigen kein Problem. Ein paar Minuten später erschien schon bekanntes Element Clemêncio, mimte den Chef, sobald er den Raum betrat, obwohl er laut Akte erst neunzehn ist. Drei Terroristen mit Revolvern bewaffnet: Álvaro, Clemêncio und Márcio. Ich laut Anweisung ebenfalls. Das unbekannte Element Rodriguez war nicht bewaffnet, sicher gehört er zum Nachschub und nicht zur GTA, der Bewaffneten Taktischen Einsatzgruppe. Die Genannten sind im Bilde, dass die letzten Festnahmen auf eine eingeschleuste V-Person zurückzuführen sind. Clemêncio erklärte, dass es einen Verdächtigen gibt, und schlug vor, einen Untersuchungsausschuss unter seiner Leitung einzurichten mit dem Ziel, den Schuldigen auszulöschen. Aber er rückte nicht mit dem Namen des Verdächtigen heraus. Márcio meinte, man müsse sehr vorsichtig sein, Beweise sammeln. Clemêncio wies auf das Risiko der Gruppenzersetzung hin; Untersuchung und Hinrichtung müssten beschleunigt werden, um die Unentschlossenen einzuschüchtern. Er sagte, dass die Vorstellung von Verrat große Durchschlagskraft hätte und dass die Hinrichtung hilfreich sein könnte, um die Organisation zusammenzuhalten und auf die neue Strategie der dauerhaften Rebellion einzuschwören, mit verstreuten und im Landesinneren liegenden Stützpunkten sowie taktischen Aktionen in der Stadt. Rodriguez hat sich nicht zu Wort gemeldet. Es hieß, dieser Rodriguez stamme aus Paraná, aber wahrscheinlich ist er aus São Paulo, denn in Paraná ist inzwischen alles vorbei, wie bereits amtlich vermerkt. Er hat praktisch den Mund nicht aufgemacht. Ich hab gemerkt, dass meine Anwesenheit ihm nicht in den Kram passte. Das Treffen war schnell zu Ende und wurde aufgelöst, ohne neue Taktiken, Stützpunkte oder Losungen bekanntzugeben. Es wurde keine andere Aktion erwähnt und auch kein neues Treffen vereinbart – das wär's, was es zu berichten gibt.

Er kannte diesen Apparat nicht; vielleicht war es einer der letzten oder sogar der allerletzte, wer weiß. Das Treffen war schnell zu Ende und von Nervosität geprägt gewesen, wie er es vorausgesehen hatte. Sich an die Anweisungen haltend, hatte er dem Vorschlag, den Verräter hinzurichten, zugestimmt. Danach täuschte er Sicherheitsgründe vor, um sich sofort auf den Weg zu machen. Er wollte den Bericht schreiben, solange er sich noch an die Einzelheiten erinnern konnte. Er bog um die Ecke und stieg in das erstbeste Taxi. Zum Zentrum, sagte er. Zwei Querstraßen vor der Barão de Mesquita ließ er das Taxi halten und ging das letzte Stück zu Fuß. Er tippte den Bericht direkt in die Maschine, um Zeit zu sparen. Während er tippte, erinnerte er sich an die gequälten Gesichter der Teilnehmer, er wusste, dass diese erste Zusammenkunft entscheidend war; das erste Treffen des Regionalkommandos nach der letzten Verhaftungswelle und der Liquidierung des Anführers, sie mussten unbedingt die undichte Stelle finden. Es bestand das Risiko, dass er enttarnt und hingerichtet wurde – eine erhebliche Gefahr. Bevor er sich zu dem Treffpunkt begab, hatte er einen unruhigen Nachmittag verbracht, war die letzten Kontakte noch einmal durchgegangen, um sich zu vergewissern, dass er keine Flanken offen gelassen, keinen Verdacht geweckt hatte. Erst nachdem er zu dem Schluss gekommen war, dass sie nicht ihn verdächtigten, erschien er an Ort und Stelle. Vorher machte er noch eine halbe Stunde Meditationsübungen. Ja, und wie sah die Sache auf der hiesigen Seite aus? Der Chef kann die Operation in die Länge ziehen, um an Namen heranzukommen, die noch nicht bekannt sind, dieser Rodriguez zum Beispiel kann die Verbindung zu anderen sein; aber natürlich kann der Chef die ganze Chose auch jetzt sofort hochgehen lassen. Die Entscheidung, auch die noch übrigen Elemente verschwinden zu lassen, ist bereits gefallen, das weiß ich ganz genau, sie passen nur den richtigen Moment ab, die Typen sind geliefert, es ist nur eine Frage der Zeit, eine dauerhafte Rebellion, hirnrissig, die kriegen doch keinen Fuß mehr auf die Erde, der totale Schwachsinn. Ja, aber was ihn selbst angeht, was wird aus ihm, nachdem das alles vorbei ist? Wenn man ihn nicht mehr braucht, kann man sich seiner entledigen. Außerdem weiß er zu viel. Wer garantiert ihm denn, dass sie nicht auch ihn verschwinden lassen? Haben sie das nicht auch mit dem Typen, den sie in die VPR, die Revolutionäre Volksfront, eingeschleust hatten, getan? Verdammt, was für eine vertrackte Situation, ich muss einen Ausweg finden. Und zu denken, dass ich mir das alles eingebrockt habe wegen einer Frau, immer diese Tussen auf den Versammlungen, und dann kommt mir plötzlich diese idiotische Laura mit dem schwer verletzten Typen in die Quere, Banküberfall, das wär der Zeitpunkt gewesen, ihnen die Tür vor der Nase zuzuschlagen. Enteignung, proklamierte sie, und was geht mich das an, habt ihr mich vielleicht gefragt? Danach haben sie mir Algerien als Ausweg angeboten, sie wollten unbedingt, dass ich abhaue, sicher haben sie es mit der Angst bekommen, ich könnte auspacken, entweder ins Ausland oder in den Untergrund abtauchen; ich hätte gehen sollen, wär leicht gewesen abzuhauen, am nächsten Tag wär ich weg gewesen und fertig. Aber wer hätte sich denn vorstellen können, wohin dieser Wahnsinn führt?

Er sah sich um, er war immer noch allein in der Hundehütte, dieses Arschloch nennt uns Hunde. Er erinnerte sich an die schreckliche Nacht, als sie ihm den Fingernagel ausgerissen hatten, sie würden ihm alle zehn ziehen, einen nach dem anderen, sagten sie, bis er zustimmte, die Seite zu wechseln. Jetzt, wo sie ihn nicht mehr brauchten, was für eine Sicherheit hatte er da? Gar keine. Er würde sich nicht einfach abmurksen lassen nach all dem, was er durchgemacht hatte. Er brauchte Zeit, um einen Ausweg zu finden. Er zog das Blatt Papier mit dem Bericht aus der Schreibmaschine, knüllte es zu einer Kugel zusammen und steckte sie in den Mund; bloß gut, dass es dünne, kleine Seiten waren, von einem Notizblock; er wartete, bis sie vom Speichel durchnässt waren und begann, sie unauffällig mit den Backenzähnen zu zermalmen. Er spannte ein neues Blatt in die Maschine und begann einen anderen Bericht zu tippen:

**Bericht Agent Souza, 20. Mai 1972**. Treffen des Kommandos der ALN/RJ; verabredeter Treffpunkt auf der Praça Saenz Peña mit Márcio, einziger Kontakt nach der Liquidierung von Yuri. Zehn Minuten reguläre Wartezeit, ohne dass die genannte Person erscheint; Treffpunkt ein weiteres Mal fünfzehn Minuten später aufgesucht, wie es regulär vorgesehen ist, ohne dass die genannte Person erscheint. Operation abgebrochen. Erwarte Anweisungen.

Er zog das Blatt aus der Maschine, als die Tür aufging und der Chef den Raum betrat; er schluckte die Papierkugel mit einem Mal hinunter und hielt ihm den Bericht hin, während er voller Angst eine Erklärung erfand für sein hochrotes Gesicht und den Schweiß, der ihm von der Stirn lief.

## Baixada Fluminense – ein Alptraum

In dieser Nacht schlief K. zum ersten Mal seit dem Verschwinden seiner Tochter tief und fest. Die Fahrt zur Baixada Fluminense hatte ihn total erschöpft. Er wachte ausgeruht auf, war aber wegen des Traums der vergangenen Nacht, eines regelrechten Alptraums, völlig durcheinander. Er empfand ihn als seine Strafe für die Dummheit am Tag davor, obwohl alles, wie es in den Träumen eben zu sein pflegt, sehr konfus war, vor allem, weil seltsame Szenen darin vorkamen, die er zu entziffern suchte. Eine fiel ihm sofort ein, er sah sie deutlich vor sich. Er grub den Boden mit einem Spaten um, und obwohl es ein ganz gewöhnlicher Spaten mit einem dünnen Blatt war, hob er bei jedem Stich eine Unmenge Erde aus, so als handle es sich um eine Baggerschaufel, sodass die Grube in kurzer Zeit tief ausgehoben war. Offenbar war der Sinn dahinter der, dass er am Tag davor die Stelle hätte umgraben sollen, es aber nicht getan hatte, obwohl es ihn viel Kraft gekostet hatte, bis zu diesem abgelegenen Gelände der Baixada Fluminense zu gelangen. Er erinnerte sich an die Mulattin mit dem Baby auf dem Arm, die ihm den Schrottplatz gezeigt hatte, den einzigen in der Nähe des Busbahnhofs. Nachdem man vom Tor des Lagers aus vierhundert normale Schritte in Richtung Hügel zurückgelegt hatte, gelangte man zu der Bodensenke. Dort befand sich in der Tat der Pfad und an seinem Ende der runde Granitstein, den der Journalist beschrieben hatte. Dort habe man verschwundene politische Gefangene verscharrt, so die Aussage des Journalisten. K. wunderte sich über den harten, steinigen Boden, auf dem kaum ein paar staubige, ausgeblichene Grasbüschel wuchsen. Keine Anzeichen von umgegrabenem Boden. Vielleicht war das der Auslöser für seine Entmutigung. Außerdem war es ein Fehler gewesen, niemanden zu bitten, ihn bei diesem Unterfangen zu begleiten. Wegen der ständigen Suche nach seiner Tochter mit Hilfe wichtiger Persönlichkeiten, auch im Ausland, waren die gemeinsamen Aktionen in den Hintergrund getreten, obwohl jede Familie natürlich eigene Nachforschungen anstellte, die Bekannten, die Verwandtschaft, auch die entfernteste, oder die Arbeitskollegen einspannte; das taten alle und mussten es auch tun; aber es gibt Dinge, die man nicht allein erledigt; erst als er an dem genannten Ort ankam, merkte K., wie unsinnig der Vorschlag des Journalisten gewesen war, er selbst solle vor Ort einen Bagger mieten und das Gelände umgraben lassen. Als ob es einfach wäre, ein Skelett oder mehrere auszugraben, ohne jedes handwerkliche Können und indem man alles beschädigte, ohne die Anwesenheit einer Behörde, die alles bezeugte und protokollierte, ohne einen Fachmann, ohne die OAB, die brasilianische Anwaltskammer, zu benachrichtigen; nein, so konnte man die Sache nicht handhaben. Womöglich hatte er niemals ernsthaft daran gedacht, dort zu graben; nach den vielen irreführenden Hinweisen, den ergebnislosen Suchaktionen war er bereits so stark davon abhängig, dass er nur um des Suchens willen suchte, nur um nicht die Hände in den Schoß zu legen. Wenn er allein war, untätig, durchlebte er die schlimmsten Momente; das Bild seiner Tochter tauchte so deutlich vor ihm auf, dass es wehtat; deshalb wurde er aktiv, sobald nur der kleinste Hoffnungsschimmer auftauchte – egal, wie absurd er auch schien. Das bezog sich nicht auf diesen Journalisten, der war in Ordnung, verfügte über gute Informationskanäle zur Polizei, war berühmt aufgrund seiner investigativen Reportagen; und außerdem hatte er das Szenario genau so vorgefunden, wie er es beschrieben hatte. Natürlich konnte es sich auch um die Leichen von Opfern gemeiner Verbrechen handeln und nicht um die verschwundener Regimegegner; und er wäre sicher aufgefallen, hätte er, völlig allein an diesem Ort, plötzlich einen Bagger mit dem Umgraben des Erdreichs beauftragt, ein großes Risiko. Aber es war nicht die Angst, die ihn daran hinderte, etwas zu unternehmen: ein Vater auf der Suche nach seiner verschwundenen Tochter kennt keine Angst, was passieren könnte, ist ihm egal, nach all dem, was bereits passiert ist. Nein, nicht die Angst war ausschlaggebend, sondern die Entmutigung, die mangelnde Willenskraft, er war schon erschöpft, als er angekommen war und die Stelle besichtigt hatte; und natürlich auch, weil er ganz allein war. Er musste das Komitee der Familienangehörigen unterrichten und sie müssten zusammen hinfahren und einen Entschluss fassen; das könnte er noch nachholen, es würde seiner einsamen Expedition einen Sinn verleihen, so, als habe er die Information im Voraus überprüft. Nach diesen Überlegungen fühlte er sich ruhiger. Gleich fiel ihm ein anderer Teil des Traums ein: Er befand sich in der Tiefe des Lochs, grub immer noch weiter und als er hochschaute, sah er all die Gesichter, die um das Grab herum standen, sie sahen ihn an, denn es war jetzt wie ein Grab und er dort unten und alle schauten ihn an, all seine Literatur-Freunde, die Gebrüder Cohen, Rosa Palatnik, Rechtsanwalt Lipiner, der Portugiese aus der Bäckerei, sein spanischer Nachbar und Mitinhaber des Ladens, all diese vertrauten Gesichter dort oben schauten ihn an; die vertrauten Gesichter, die Familien der Verschwundenen. Wo hatte er bloß seinen Kopf gehabt, dass er die Information nicht den anderen auf dem Angehörigentreffen mitteilte? Er ist beunruhigt, weiß nicht mehr, wie sie ihn angesehen haben: ob verärgert oder neugierig oder gleichgültig oder beklommen. Und er gräbt weiter und weiter. Plötzlich erinnerte K. sich an eine andere Szene, wie der Spaten an einen Stein schlug, unter dem eine Schlange hervorkroch, und wie er sie mit einem Schlag tötete, bevor sie zustoßen konnte; und alsbald war er aus dem Loch heraus und, obwohl er nicht von der Schlange gebissen worden war, fröstelte ihn, als sei er krank oder habe Fieber. Und da war niemand mehr, alle waren verschwunden, nur eine junge Mulattin mit einem Baby auf dem Arm war da, und sie war das kleine Hausmädchen, das er vor langer, langer Zeit, als sie noch ganz jung war, fünfzehn vielleicht, angestellt hatte, um auf seine Tochter aufzupassen, als es der Mutter schlecht ging, nachdem sie die Nachrichten vom Krieg erhalten hatte und sich zu nichts aufraffen konnte. Seine Tochter war erst drei Jahre alt, und dieses Mädchen namens Diva kümmerte sich um sie, und im Traum spürte er, wie der Schüttelfrost stärker wurde; und als er das Baby betrachtete, war es seine Tochter und Diva sagte: Legen Sie sich hin, es ist Zeit, das Chinin einzunehmen. Und er erinnerte sich an die Malaria, die er bekommen hatte, als er ein Grundstück in den Niederungen von Água Fria umgegraben hatte, ein Grundstück, das er einem Freund in gutem Glauben abgekauft hatte; als er es sich ansah, war alles sumpfig. Er war gekommen, um den Zaun aufzustellen, das Grundstück abzugrenzen; dort hatte er drei Schlangen getötet und der Spaten hatte ein dünnes Blatt und der Boden war ganz weich, denn es war ein Feuchtgebiet, sodass er die verdammte Malaria bekam. Er war damals nicht älter als achtunddreißg, es war das erste Grundstück, das er sich leisten konnte; und später, als der Wert stieg, obwohl es ein Sumpfgebiet war, verkaufte er es und konnte sich so die Anzahlung für das Haus leisten; es war genau zu jener Zeit gewesen, als seine Tochter noch ein Baby war und seine Frau ihr Trauma erlitt, er im Fieberwahn, und wer sich um die Tochter kümmerte, war die kleine Mulattin Diva. Er hatte Diva vergessen, wo mochte sie wohl sein? Ja, auch Diva war verschwunden; eines Tages verlangte sie ihren Lohn und ging, nachdem sie mehr als zehn Jahre bei ihnen gewohnt hatte. Sie gehörte schon zur Familie, aß zwar immer alleine, schlief aber in dem gleichen Zimmer wie seine Tochter, sie waren fast wie Schwestern. Sie ging, ohne zu sagen, wohin, ohne eine Adresse zu hinterlassen, als sei sie beleidigt, aber natürlich war sie auf eine andere Art verschwunden, niemand verschwand zusammen mit ihr; wahrscheinlich wollte sie nicht länger als Hausmädchen arbeiten, hatte einen Mann gefunden und war in einen anderen Stadtteil oder eine andere Stadt gezogen, aber die Tochter war traurig über dieses plötzliche Verschwinden, verwirrt, die ganze Familie fühlte sich gekränkt; und in dem Traum kam sie zurück, mit einem Baby auf dem Arm, und K. streckt beide Arme aus, um das Kind zu nehmen, und er weiß nicht einmal, wie man das macht, denn er hat es noch nie getan, aber er streckt die Hände aus und nimmt es so von unten und drückt das Kind an sich; und als er es anschaut, lächelt das Kind, es ist ein Baby, aber das Gesicht ist das seiner Tochter.

## Mit-Leidenschaft

I

Am Anfang war es Angst. Furchtbare Angst. Angst, er könnte meinem Bruder etwas Schlimmes antun; meiner Familie; Angst, er könnte mir etwas Schlimmes antun. Heute ist es Leidenschaft, das können Sie mir glauben, nichts als Leidenschaft, eine irre Leidenschaft. Von beiden Seiten, von meiner und von seiner. Über Leidenschaft fällt man keine Urteile, Leidenschaft geschieht einfach. Sie sind ja auch nicht hergekommen, um ein Urteil über mich zu fällen, oder?

Manchmal denke ich, schuld daran war der Regen. Als ich ankam, war ich klatschnass, mein dünnes Blüschen klebte auf der Haut, meine Haare trieften vor Nässe, die Hose tropfte, und ich stand da, schutzlos, benommen, wie ein Vögelchen vor der Schlange, zitternd vor Kälte und halbtot vor Angst, eine Beute, er konnte mit mir machen, was er wollte, zum Sprung ansetzen, mich auffressen, mich zerdrücken. Später hat er erzählt, dass er an jenem Tag unglaublich scharf war. Bitte entschuldigen Sie, meine Liebe, dass ich so daherrede, das ist meine Art.

Was er gemacht hat? An diesem Tag hat er gar nichts gemacht. Er ließ ein Handtuch holen, wartete, bis ich mich abgetrocknet hatte, gab mir Zeit, damit ich mich beruhigte, bot mir sogar einen Cognac an, um die Kälte zu vertreiben, sagte er, ein Gentleman. Es passierte am Tag darauf, als ich zurückkam mit den zwei Fotos von Zinho, die er brauchte, um den Pass ausstellen zu lassen. Er legte die Fotos auf den Tisch und führte mich in einen anderen Raum, eine Art Anbau, mit Bett und Toilette. Ohne ein Wort zu sagen, hob er mein Kleid hoch, streifte mir das Höschen ab und presste sich an mich. Ich habe mich ihm hingegeben ohne jeden Widerstand.

Ob es das war, was ich wollte? Ich glaube schon, bestimmt hatte ich es erwartet, denn ich war vorbereitet, wissen Sie? Ich hatte mir beim Friseur die Haare machen lassen und ein tief ausgeschnittenes, luftiges Kleidchen angezogen. Ich hatte seinen Blick am ersten Tag gesehen. Ob es etwas geändert hätte, wenn ich mich gesträubt hätte? Nicht das Geringste. Nachdem man einen Fuß dort hinein gesetzt hat, gibt es kein Zurück mehr. Welche Frau kann einem so mächtigen – so allmächtigen – Mann widerstehen? Und es war ja klar, dass ich den Pass bekommen würde, nicht wahr?

Doch das Wichtige ist, dass daraus eine Leidenschaft geworden ist. In dem Fall ist es egal, ob der Typ ein Verbrecher ist, ob er verheiratet oder ledig oder was auch immer ist; ich weiß nicht, ob Sie jemals eine Leidenschaft erlebt haben. Wenn man sich dagegen wehrt, wird sie nur noch größer, wird zu einer Krankheit, bringt einen zur Strecke. Glauben Sie ja nicht, meine Gute, dass Leidenschaft und Liebe ein und dasselbe sind, Leidenschaft ist Wahnsinn, ist Blindheit, ist totaler Verlust des Unterscheidungsvermögens. Es war, als ob er mich hypnotisiert hätte. Denn wenn ich auch nur eines Gedankens fähig gewesen wäre, wie hätte ich dann mit einem Mann zusammenleben können, von dem alle behaupten, dass er ein Ungeheuer ist?

## II

Ich weiß, was über ihn gesagt wird. Sie müssen mir nichts erzählen. Weshalb, glauben Sie, habe ich ihn aufgesucht? Ich bin hingegangen, so wie Sie heute hierher zu mir gekommen sind. Als Bittstellerin. Ich wusste, dass nur er in der Lage war, die Rückkehr meines Bruders zu ermöglichen. Ich hatte schon alles Erdenkliche probiert, wissen Sie. Ich bin Anwältin, kenne einflussreiche Leute, aber es war nichts zu machen. Zinhos Situation im Exil mit den Typen dort war zu verworren, er musste da weg, aber er hatte keinen Reisepass. Eine Überlegung war, sich einen Geleitbrief von einem anderen Land zu besorgen und damit die brasilianische Grenze zu überqueren, aber wenn er dabei erwischt würde, wäre er womöglich am nächsten Tag nicht mehr am Leben oder verschwunden, ohne dass jemand ahnte, wie.

Nur er konnte die Sache in Ordnung bringen. Das habe ich aus dem Mund einer wichtigen Person gehört, eines Rechtsanwalts, dessen Geschäftspartnerin ich quasi war, bevor er zum Obersten Gerichtshof wechselte. Danach wurde er in den Ruhestand versetzt. Partnerin ist ein relativer Begriff, ich machte irgendwelche Eigentümer von belasteten Landgütern ausfindig, Leute, die Geld brauchten, und er klopfte dann das Geschäft für einen Spottpreis fest. Er hat mir die Telefonnummer gegeben und mir gesagt, ich kann mich auf ihn berufen. Können Sie sich vorstellen, dass er sofort den Hörer abnahm? Noch bevor das erste Klingelzeichen verhallt war. Es ist die Nummer, die ich bis heute benutze. So etwas wie ein Rotes Telefon. Nur ich und ein paar Leute der oberen Führungsriege kennen die Nummer.

Ich rede ihn mit Chef an und er nennt mich mein Mädchen. Er hat mich zum ersten Mal mein Mädchen genannt an dem Tag, als er mir den Pass aushändigte. Er sagte: Sieh zu, dass dein Bruder das erhält, mein Mädchen, und wir verlieren kein Wort mehr darüber, nie mehr werden wir über diese Dinge ein Wort verlieren. Manchmal, wenn wir im Bett sind, hält er mittendrin inne und flüstert: du scharfe Braut. Kein Problem, im Bett ist das in Ordnung. Aber sonst immer nur mein Mädchen. Mich kann man doch nicht scharfe Braut nennen, oder? Ich bin eine unabhängige Frau, habe einen Beruf. Mein Mädchen, das gefällt mir, das ist zärtlich.

III

Wir haben diese Absprache, wissen Sie? Er fragt mich nicht, was ich mache, und ich frage ihn nicht, was er macht. Nicht, dass ich ihn nie danach frage, es ist komplizierter, wie alles zwischen Mann und Frau, nicht wahr? Einmal habe ich einen Namen erwähnt und so getan, als wäre es reiner Zufall, morgens beim Kaffee, als hätte ich ihn in der Zeitung gelesen, und habe seine Reaktion beobachtet. Er wusste, dass es nicht einfach so dahin gesagt war. Er ist unglaublich scharfsinnig. Aber er tat so, als wisse er von nichts. Später habe ich das noch ein oder zwei Male probiert. Es ist ein Spiel, das er hinnimmt, um mir gefällig zu sein. Er tut alles, um mir zu gefallen. Er versucht zu antworten, ohne zu antworten. Ich nutze es nicht aus, habe es nur diese wenigen Male versucht. Ich habe es gelernt, die Dinge zu erraten, selbst wenn er nicht antwortet, selbst wenn er sagt: »Schau, mein Mädchen, vergiss diesen Namen« oder etwas Ähnliches, dann weiß ich schon, dass das Schlimmste passiert ist. Nur ein einziges Mal zeigte er eine andere Reaktion, er sagte: »Diese Zeitungen haben doch keine Ahnung, wer weiß, vielleicht ist diese subversive Tante schon über alle Berge und hat längst einen anderen Namen«; er sagte das auf eine Art und Weise, dass ich vermutet habe, er selbst hätte das Mädchen freigelassen ... als wollte er sich damit brüsten.

Bitte regen Sie sich nicht auf, wir kommen der Sache schon näher, ich erkläre Ihnen, wie die Dinge liegen, denn es ist sehr schwierig ... es ist eine heikle Geschichte, Sie müssen versuchen, es zu verstehen, so wie ich es versucht habe. Vergangenen Freitag habe ich es probiert, ich ließ den Namen Ihres Sohnes fallen wie jemand, der ihn gerade in der Zeitung liest. Und was ist geschehen? Kaum hatte er ihn vernommen, wirkte er total angespannt. Ich dachte sogar, er könnte eine Dummheit machen. Da schaute er mir sehr ernst in die Augen, die Kaffeetasse verharrte in der Luft, er ließ ein paar Sekunden verstreichen wie jemand, der überlegt, was er sagen soll, oder der seine Nerven unter Kontrolle bringen möchte, ich erzähle Ihnen das alles im Einzelnen, damit Sie es nachvollziehen können, so wie ich es getan habe, und er sagte: Vergiss es, mein Mädchen, sprich diesen Namen nicht mehr aus, weder hier drinnen noch dort draußen. Nie wieder. Da habe ich verstanden. Haben Sie verstanden? Ich habe verstanden, dass er tot ist, ihn gibt es nicht mehr, er ist nicht mehr da, entschuldigen Sie, aber so ist es, Ihr Sohn ist tot, verdammt noch mal!

## IV

Trinken Sie einen Schluck Wasser, ja, so. Geht es Ihnen besser? Nein, ich habe keine Kinder, aber ich weiß, was Sie fühlen, denn Zinho war für mich eher ein Sohn als ein Bruder. Deshalb habe ich alles für ihn aufs Spiel gesetzt. Ich nenne ihn Zinho, denn er war mein *nenezinho,* mein kleines Baby, wir sind fünf Geschwister, ich bin das einzige Mädchen, ich war zwölf, als Zinho auf die Welt kam, ein Frühchen. Die anderen waren schon alle erwachsen. Meine Mutter erlitt ein postnatales Trauma, sie vernachlässigte das Baby so stark, dass es fast gestorben wäre, und wer es gerettet hat, war ich. Meine Brüder waren schon aus dem Haus, gingen ihren Geschäften nach. Ich habe mich um Zinho gekümmert, als wär's mein eigenes Kind. Ich habe ihn bloß nicht gestillt, weil ich noch gar keine Brüste hatte. Ich war seine Mutter, seine wahre Mutter, das ganze Leben lang. Und zu denken, dass er heute kein Wort mehr mit mir wechselt; mich zurückweist, als wäre ich eine Leprakranke. Er und die anderen ebenso. Nur meine Mutter redet mit mir. Mütter wissen, wie es ist, Mütter sind nicht wie andere Menschen. Meine Mutter weiß, dass ich Zinho zurückgeholt habe, dass ich Zinho das Leben gerettet habe, weil er von dort, wo er sich aufhielt, nicht weggekommen wäre, denn er hatte keinen Pass. Man kann sagen, dass ich seinetwegen mein ganzes Leben auf den Kopf gestellt habe und er mich heute verleugnet.

V

Ob ich mir nicht habe vorstellen können, dass so etwas passiert? Ich hatte eine gewisse Ahnung, ja, wusste, dass ich einen gefährlichen Weg einschlug, von dem es kein Zurück mehr gibt. Aber ich hatte nicht viel Zeit, darüber nachzudenken. An jenem regnerischen Nachmittag, als er sich nach dem ersten Klingelton am Telefon gemeldet hat, schlug mir das Herz bis zum Halse. Mein Freund, der Anwalt, hatte mir empfohlen: Komm direkt zur Sache, ohne Umschweife. Genau das habe ich getan. Und er fragte, und wo sind Sie jetzt? Ich sagte, in einer Telefonzelle, ich war gerade im Sportstudio und jetzt bin ich in einer Telefonzelle, und er fragte: Können Sie sofort herkommen? Sehen Sie, das war eine Fangfrage, ich weiß, wie das funktioniert, denn ich bin ja Anwältin, ich habe es oft genauso gemacht. Sie testen, ob der- oder diejenige wirklich engagiert ist, ob er oder sie bereit ist, alles zu tun. Ich wusste, das war ein Test, take it or leave it, und ich hatte dieses dumpfe Gefühl, dass es sich um eine Einbahnstraße handelte, aber es gab keine Zeit nachzudenken, abzuwägen. Ich sagte, ich komme, nennen Sie mir die Adresse und ich bin gleich da. Natürlich kannte ich die Adresse. Es war, um das Kennwort zu erhalten, die Bestätigung, dort ankommen und sagen zu können, ich bin hier, um mit XY zu sprechen, ich werde von ihm erwartet. Alle kennen dieses Gebäude, das jedem sogar aus der Ferne Angst einjagt.

VI

Ich weiß von diesem Fall des Dominikanerpaters, der sich seinetwegen umgebracht hat, ich kenne zwar nicht alle Einzelheiten, aber das, was ich weiß, reicht, damit ich mich miserabel fühle. Ich habe darüber gelesen. Wenn ich kann, lese ich, schließlich ist er mein Mann. Wir zwei reden nicht über solche Dinge, wir haben diesen Pakt geschlossen, aber ich möchte Bescheid wissen. Ich muss es wissen, versuchen, es zu verstehen. Wie ist es möglich, dass ein Mensch, der so gut zu mir ist, so böse zu anderen sein kann? Ich selbst bin auch alles andere als eine Heilige, wenn ich einen Vorteil erringen kann, dann tue ich es, aber Grausamkeiten wie diese, die er begeht, das muss ich gestehen, die erschrecken mich ... Als ich das gelesen habe, bekam ich Panik.

Einmal hat er zu mir gesagt: Es ist Krieg und im Krieg tötest du oder du krepierst. Denn seiner Meinung nach sollten die Pfaffen ihre Finger von der Politik lassen. Ich bin auch dieser Ansicht, aber dennoch ist mir dieses Gefühl von Respekt geblieben, das ich in Paraná hatte, als ich glaubte, Priester seien Stellvertreter Gottes. Als kleines Mädchen betete ich viel; Zinho war ein schwächliches Kind, ständig krank, und ich betete, es möge ihm besser gehen, ich hatte niemanden, an den ich mich hätte wenden können, deshalb suchte ich Zuflucht bei den Gebeten.

Einmal hat er gesagt, dass ein Priester, der seine Nase in die Politik steckt, kein Priester ist, sondern ein Terrorist. Da habe ich begriffen, dass er die Priester hasst. Das eine ist, sie nicht zu mögen, wie es ja auch bei mir heutzutage der Fall ist. Das andere ist, sie zu hassen. Wenn er das Wort Priester aussprach, verzog er angeekelt das Gesicht, es geriet zu einer Fratze, die Nase lief rot an. Ein andermal sagte er: Diese Pfaffen – alles Perverslinge. Ich habe nicht nachgefragt, hatte aber das Gefühl, dass ein Priester sich womöglich an ihm vergriffen hatte, als er Messdiener war. Ich weiß, dass er Messdiener war, denn ich habe ein Foto gesehen.

An dem Tag, als sie die Dominikanerpatres verhaftet haben, hat er gefeiert. In einem Restaurant im Stadtviertel Lapa, eine geschlossene Gesellschaft; das ganze Team hat dort gefressen und gesoffen. Ich hatte ihn noch nie so fröhlich gesehen, als sei ihm ein Stein vom Herzen gefallen. Ich habe von diesem Gelage erfahren, weil sie sich per Telefon verabredet haben und ich es mitbekam. Als er in der Nacht nach Hause kam, fiel er über mich her wie ein Stier. Es war während der ganzen Zeit das einzige Mal, dass ich wieder diese Angst vom ersten Tag verspürte. Es war eine schwere Nacht. Wissen Sie, ich bekam Herzrasen. Hin und wieder glaubte ich, ich sei es, die gefoltert, die zu Tode gequält wird, nicht der Dominikaner. Als ich am Morgen aufwachte, war er schon gegangen. Ich habe den ganzen Vormittag lang nachgedacht. Aber ich hatte keinen, dem ich mich hätte anvertrauen können. Sogar meine Brüder haben mich verlassen. Da habe ich begriffen, dass ich zu einem einsamen Tier geworden war, einem Tier wie er, zu einer Frau, die verdammt war, die angewidert von den Nachbarn beäugt wurde, die keine Familie hatte, keine Freunde, als wäre sie die größte Hure aller Zeiten. Es blieben nur er und ich. Ich glaube, deshalb kann ich auch Menschen wie Sie verstehen, nicht, dass ich etwas für Sie tun könnte, aber es handelt sich auch nicht nur um Mitleid, denn nur so kann ich mich wie ein Mensch fühlen, selbst wenn ich keine gute Nachricht habe.

## VII

Ein Sadist? Mir gegenüber nicht. Nicht ein einziges Mal. Nicht einmal in der Nacht, als sie die Patres festgenommen haben. Er war besitzergreifend, aber nicht sadistisch. Er empfindet Hass gegenüber den Kommunisten, das stimmt, Hass und Abscheu, ich merke es an den Telefongesprächen, die ich manchmal mit anhöre. Wenn es um einen Kommunisten geht, dann ist ihm alles recht, er hat freie Hand, er zertritt sie alle, als wären es Kakerlaken. Einen gewissen Respekt hat er nur, wenn der Kerl ein harter Knochen ist. Manchmal denke ich, dass es ein weiteres Problem war, dass der Pater nicht länger durchgehalten hat, doch egal, da es sich um einen Ordensgeistlichen handelte, war sowieso alles vorprogrammiert.

Er hasst die Patres noch mehr als die Kommunisten, verstehen Sie? Der Hass auf die Kirchenleute war etwas Persönliches, das er in sich trug. Der Hass auf die Kommunisten war anders, den hatten sie ihm eingeimpft, so habe ich das verstanden, es war ein Auftrag, er hatte sie zu vernichten, egal wie, es war eine Abmachung, um sich von den anderen Beschuldigungen reinzuwaschen, es war eine Erpressung der Militärs, mit der sie ihn kriegen konnten.

Schauen Sie, ich verteidige ihn nicht, ich rechtfertige nichts, ganz und gar nicht. Aber glauben Sie, dass diese Kommunisten alle die reinsten Heiligen waren? Machen Sie sich klar, dass er in sämtlichen Gruppierungen Informanten hatte, nein, es handelte sich nicht um eingeschleuste Polizisten, im Gegenteil, es waren die Kommunisten, die die Kommunisten verrieten, es waren die Hunde, er nannte sie Hunde. Ich hörte ihn manchmal am Telefon sagen, ruf mal den Hund. Sprich den Treffpunkt mit dem Hund ab.

Eines Tages las ich die Zeitung und erwähnte den Namen eines Schriftstellers, der Kindergeschichten schrieb und von den Militärs eingesperrt worden war. Und er entgegnete, gerade der, der ist doch das größte aller Arschlöcher, ich brauchte noch nicht einmal die Zigarette in Brand zu stecken, ich habe nur erwähnt, ich würde seinen Sohn holen lassen, und schon hat er mehr als fünfzig verraten, diejenigen, die dazu gehörten und die, die nichts damit zu tun hatten. Das war das einzige Mal, dass er zugab, zu foltern, diese Geschichte mit der Zigarette, die er anzündete und dem Sohn, den er holen lassen würde, das darf doch nicht sein! Ich verabscheue so etwas. Das war übrigens das einzige Mal, dass er sich nicht an unsere Abmachung gehalten hat, den Dreck seiner Arbeit nicht mit nach Hause zu bringen.

Keiner sollte etwas erfahren. Das war die Absprache. Auch, weil er verheiratet ist. Ich habe bereits andere Männer gehabt, und auch er hatte seine Geschichten. Das geht niemanden etwas an. Ich wollte nicht, dass jemand davon erfuhr. Erst recht nicht Zinho. Gleich am zweiten Tag habe ich ihn darum gebeten, und er war einverstanden. Mit dem ganzen Trubel bis in die späte Nacht hier vor der Haustür, alles voller Bars und Restaurants, da hätte keiner etwas merken müssen. Und Sie haben ja gesehen, wie der Eingang ist. Man steigt ein paar Stufen hinab und steht direkt vor der Wohnungstür. Man muss nicht am Pförtner vorbei und gar nichts. Er kommt fast jeden Abend her, sagt zu seiner Frau, die zu Hause sitzt, dass er noch arbeitet. Nie zur gleichen Zeit und immer in einem Auto mit falschem Kennzeichen. Er steigt eine Straßenecke vorher oder eine nachher aus. Es geht nicht nur um Geheimhaltung, sondern auch um Sicherheit. In letzter Zeit etwas weniger, seit Marighella tot ist, ist er entspannter. Aber vorher hielt er auf strenge Disziplin. Er selbst hat mir gesagt, mein Telefon würde abgehört, aber das hinge mit der Sicherheit zusammen, und manchmal forderte er Personenschutz an. Ein Wachposten kam und pflanzte sich auf der gegenüberliegenden Straßenseite auf, kurz bevor er hier ankam oder von hier abfuhr. Kurz davor meldete er sich immer per Telefon.

Wir hatten ausgemacht, dass er nicht ans Telefon ginge. Ich würde die Gespräche entgegennehmen und den Hörer gegebenenfalls an ihn weiterreichen. Es gab einen Erkennungsspruch. Am Anfang lautete er: Ich möchte mit dem Chef sprechen; später wurde er geändert in: Ich möchte mit dem Vorgesetzten sprechen. Die Erlaubnis, ihn anzurufen, hatten nur wenige, das galt nur für Notfälle. Doch dann kam dieses Auslandsgespräch. Den Polizeichef, bitte? Es ist dringend. Ich reichte ihm den Hörer. Er hatte keine Losung genannt, aber da es ein internationales Gespräch war und der Mann sagte, es sei dringend, reichte ich den Hörer weiter. Es war überhaupt nicht dringend, es war eine Falle der Kommunisten, sie hatten ein Gerücht gehört und wollten es bestätigen. Von diesem Moment an hat Zinho mich geschnitten. Und der Rest der Familie ebenso. Danach die wenigen Freunde, die ich hatte. Aber das Schlimmste für mich ist, dass Zinho mich verstoßen hat. Ich glaube, er war es, der die Probe aufs Exempel machen wollte. Inzwischen hat die Geheimnistuerei aufgehört; er geht genauso ans Telefon wie ich. Im Gegenzug wurde die Sicherheit erneut verstärkt.

## IX

Ich weiß, dass meine Geschichte Sie nicht interessiert. Sie müssen sich keinen Zwang antun. Sie müssen mir auch nicht danken. Ich finde es nur schlimm, schlechte Nachrichten zu überbringen. Aber Sie wussten es doch schon, nicht wahr? Alle wissen es schon, sie tun nur so, als ob sie noch ein Fünkchen Hoffnung hätten, oder es ist ein Schuldgefühl, wer weiß, sie fühlen sich gezwungen, weiter zu suchen, sich weiter zu täuschen, sich weiter zu beschäftigen. Wie ich schon gesagt habe, Sie sind nicht die erste, die mich aufsucht. Ich weiß, wie wichtig das ist. Lassen Sie uns Klartext reden: Einen Menschen wie mich aufzusuchen, die Geliebte dieses Ungeheuers, das ist nicht dasselbe wie einen unbekannten General aufzusuchen, der das System verteidigt, sich aber nie die Hände schmutzig gemacht hat, oder sich an einen Regierungsfreund zu wenden, selbst an einen Gefängniswärter, der nur Befehle empfängt. Einen Menschen wie mich aufzusuchen, das funktioniert als Beweis dafür, dass man alles versucht hat, ja, nun sogar mit jemandem wie mit mir sprechen will. Ich mache mir nichts vor, ich weiß, dass alle weiterhin glauben, ich sei eine schamlose Person, und dass sie mich aus eben diesem Grund aufgesucht haben, sogar zu einer Hure habe ich Kontakt aufgenommen. Ist es nicht genau das, was ich getan habe, um Zinho zurückzubringen? Bin ich nicht mit einem tief ausgeschnittenen, luftigen Kleidchen hingegangen? Und war es nicht so, dass die Dinge ihren Lauf genommen haben? Ich brauche euch auch, um das alles ins Gleichgewicht zu bringen, diesen ganzen Dreck, den ich aufgewirbelt habe. Aus diesem Grund müssen Sie mir nicht danken. Ich habe zu danken.

## X

Natürlich bin ich nicht daran schuld, dass ich mich verliebt habe. Kann jemand, der sich verliebt, daran schuld sein? So, jetzt verstehen wir uns. Wir haben bereits von Mutter zu Mutter gesprochen, jetzt reden wir von Frau zu Frau. Eine Frau ist nur schuldig, wenn sie die Leidenschaft verleugnet. Das Verbrechen besteht nicht darin, sich zu verlieben, das Verbrechen ist, sich dagegen zu sträuben, ein Verbrechen gegen sich selbst. Das gilt für die Frau, das gilt für den Mann, nicht wahr? Ich werde Ihnen jetzt etwas erzählen, etwas sehr Intimes. Manchmal, während wir miteinander schlafen, stelle ich mir für den Bruchteil einer Sekunde vor, anstelle einer anderen Person zu sein und diese andere ist eine Beute, die umstellt ist. Mir wird ganz kalt dabei. Ich habe das noch nie jemandem erzählt, nicht mal den Beichtvätern.

Ich habe schon lange nicht mehr gebeichtet. Wie ich Ihnen gesagt habe, war ich als Kind, in Paraná, streng katholisch, auch mein Vater, Gott hab' ihn selig, aber der Beruf einer Anwältin verändert einen im Kopf, der Glaube an die Priester ist mir abhanden gekommen, ich kann seine Verachtung sogar verstehen. Eines Tages, als wir bereits zusammenlebten, bin ich zur Beichte gegangen, wissen Sie? Als ich mir sicher war, dass wir beide uns ineinander verliebt hatten, bekam ich einen Schrecken und erzählte alles meinem Beichtvater, ich sagte ihm, mit wem ich zusammenlebte und schilderte all die barbarischen Taten, die man ihm nachsagt. Und wissen Sie, was der Priester geantwortet hat? Er sagte, das fleischliche Zusammenleben außerhalb der Ehe sei eine Sünde, aber Gott würde mir vergeben. Das also war für ihn die Sünde? Und all das andere? Die Toten, die Folterungen, sind die etwa keine Sünde? Mit dem Mann zu schlafen, der für all das zuständig war, bedeutete das nicht, in Sünde zu leben? Beim zweiten Mal sagte der Priester, alles, was geschehe, sei von Gott gewollt. Von da an habe ich den Beichtstuhl nicht mehr betreten.

## XI

Klar habe ich mir schon überlegt, ihn zu verlassen. Früher dachte ich jeden Tag daran. Nicht, dass die Leidenschaft zu Ende gewesen wäre. Sie ist nicht zu Ende. Es geht um den Preis, den ich zahle. Ihn verlassen, wie soll das gehen? Und die Angst vor der Trennung? Es ist nicht mehr diese Angst vom ersten Tag, die schon groß war, eine Angst vor dem grausamen, skrupellosen Kerl, der Herr über Leben und Tod von Menschen, von Zinho, ist. Jetzt geht es um diese Angst plus die Angst vor der Eifersucht, die Angst vor der entfesselten Wut des Mannes, der verlassen wird. Wieviele haben schon ihre Frau umgebracht, nur aus diesem Grund, selbst, wenn diese sie gar nicht gegen einen anderen Mann eingetauscht hatte? Ich bin sowieso schon gebrandmarkt, von meinen Brüdern verstoßen, darf meine Nichten und Neffen nicht sehen; das Feuerzeichen wurde mir wie mit einem glühenden Eisen auf die Stirn gedrückt, ähnlich wie bei dem Schenkelbrand zur Kennzeichnung der Rinder in Paraná. Dieses Zeichen bleibt für immer sichtbar. Genau so, wie Sie bis an Ihr Lebensende Ihren Schmerz mit sich herumtragen werden, werde auch ich dieses Brandzeichen bis zu meinem Tod tragen. Mein Trost ist, dass ich Zinho gerettet habe. Sie konnten Ihren Sohn nicht retten ... das ist traurig, sehr traurig, es hätte nicht so sein müssen. Ich bringe Sie noch bis zur Tür. Nein, danken Sie mir nicht, ich habe Ihnen zu danken.

## Erinnerungsinventar

Die Fotos waren nicht geordnet, sie lagen zwischen Briefen und Negativen. Es gab auch ein Päckchen Arztrezepte. K. fand die blaue Schachtel durch Zufall hinter den Bänden seiner jiddischen Enzyklopädie, die in genau dem gleichen Blauton gehalten war. Als ob seine Tochter sie absichtlich dort hingestellt hätte, damit nur er sie fand. Oder sie versteckt hätte, damit niemand sie fand.

Als er seine Tochter auf den Bildern in Situationen und Umgebungen sah, die er sich nie hatte vorstellen können, merkte er ein weiteres Mal, wieviel von ihrem Leben er nicht gewusst hatte und noch immer nicht wusste. Abgesehen von den Fotos, auf denen sie mit ihren Freundinnen, die er gut kannte, posierte und den üblichen Aufnahmen von ihrem Arbeitsplatz, sie im Labor in einem weißen Kittel, gab es andere, überraschende.

Auf einem davon saß sie auf einem Pferd. An welchem Ort oder auf welcher Fazenda das wohl gewesen sein mochte? Auf einem anderen wirbelte sie tanzend im Kreis herum. K. hebt ein Foto nach dem anderen hoch und betrachtet alle Einzelheiten, diese wertvollen Spuren, diese Lebensfragmente seiner Tochter. Ohne Erfolg versucht er die Stadt im Hintergrund eines Fotos zu erkennen, das seine Tochter neben einem Musikpavillon mitten auf einem kleinen Platz zeigt.

Und erst jetzt begreift er, angesichts dieser Ausschnitte von Zeit und Raum, welch verletzliches Wesen seine Tochter gewesen war. K. hatte sich nie vorstellen können, dass Fotografien solch starke Gefühle hervorrufen konnten. Offenbar wollten einige davon sogar eine Geschichte erzählen. Das gelang in seinen Augen nur einem Puschkin oder einem Sholem Aleichem durch die Ausdruckskraft der Sprache. Ein Foto, hatte er immer geglaubt, war nichts anderes als eine auf Papier gebannte Episode, der Beweis, dass dieses oder jenes stattgefunden hatte, oder es war die Abbildung einer Person, ein Dokument sozusagen. Doch da gibt es nun Bilder von seiner Tochter, die Zartgefühl und Sensibilität ausdrücken. Als hätten sie ihre Seele eingefangen. Es lag etwas Geisterhaftes in diesen Bildern seiner nicht mehr lebenden Tochter, ein Schaudern überkam ihn.

Es waren nur wenige Fotos und nur auf einem war sie als Kind abgebildet, wie sie neben ihrem mittleren Bruder in einem Leiterwagen saß. Sie war vielleicht fünf oder sechs, er zehn oder elf Jahre alt, und er war schon viel zu groß für den Wagen. Die beiden schienen sich zu amüsieren. Ob es in einem Vergnügungspark gewesen war oder in einem öffentlichen Garten, dem Jardim da Luz?

Jetzt erinnert er sich. Genau, es war im Jardim da Luz. Er hatte die beiden dorthin begleitet. Wenige Augenblicke später hatte der Bruder sie in den See geschubst, als sie sich vornüber beugte, um die Karpfen zu betrachten. Dieses Spiel, das sie gedemütigt hatte, war typisch für die Beziehung der beiden. Das Foto mit dem Leiterwagen war von einem Straßenfotografen geknipst worden. K. war nie in der Lage gewesen, mit einer Kamera umzugehen.

In der Schachtel lagen auch Kopien von den zwei Fotos, die er schon hatte, das feierliche, vom Tag der Diplomübergabe, auf dem sie stolz, aber gedankenversunken wirkte, leicht von der Seite aufgenommen, sodass ihr kantiges Profil und ihr ernster Blick klar herausgearbeitet waren, und das andere, auf dem sie an einem Bett- oder Sofarand saß, die Wangen eingefallen, die dünnen Lippen zusammengepresst und im Blick entsetzliche Angst. Als handele es sich um zwei völlig verschiedene Personen, das wird K. nun in aller Deutlichkeit klar.

Beim Aufgeben der Vermisstenanzeige hatte er diese beiden Fotografien mitgenommen, bei der Polizei und anschließend bei diesem Arzt in Rio de Janeiro. Aus undurchsichtigen Motiven, doch wohl kaum, um sich von einer Schuld zu befreien, denn solche Menschen sind wie Tiere, ohne Vorstellung von Gut und Böse, hatte der Arzt sich bereit erklärt, seine Dienste zwecks Wiedererkennung verschwundener Oppositioneller anzubieten, die er im Verlauf der Foltersitzungen beobachtet hatte. Seine Aufgabe hatte darin bestanden zu verhindern, dass der Gepeinigte starb, bevor er die Informationen lieferte, die die Folterknechte aus ihm herauspressen wollten. Bei diesem Treffen hatte K. auch ein Einzelfoto des Ehemanns seiner Tochter dabei, das dessen Familie ihm überlassen hatte. Erst jetzt, als er die blaue Schachtel durchstöbert, findet er ein Bild, das die beiden zusammen zeigt.

K. geht im Geiste noch einmal die Begegnung mit dem Arzt durch; die kaum zu verbergende Abneigung, die er verspürt hat, als er den Raum betrat. Angesichts des Fotos der Tochter am Tag der Diplomverleihung schüttelte der Arzt entschieden den Kopf. Er hatte sie nicht erkannt. Mit dem zweiten Foto, das mit dem leidvollen Blick, konfrontiert, schüttelte er abermals den Kopf, aber K. glaubte, ein gewisses Zögern zu bemerken. Dann, als er ihm das Foto des Ehemanns vorlegte, erneut ein verneinendes Kopfschütteln, doch diesmal war sich K. sicher, dass etwas den Mann erschüttert hatte. Deshalb legte K. ihm sämtliche Fotos noch ein zweites Mal vor. Keine Reaktion. Doch der Arzt behauptete erneut, keinen der beiden zu erkennen. Frustriert und unglücklich kehrte K. nach São Paulo zurück, vor allem, weil er sich sicher war, dass der Arzt etwas wusste, es aber nicht preisgeben wollte. Es musste etwas Schreckliches sein. Er musste einen Fehler gemacht haben.

Während K. weitere Fotos aus der Schachtel nimmt und jedes einzelne eingehend betrachtet, jeden Hintergrund zu entschlüsseln versucht, aufgrund von Details wie Frisur oder Kleidung herauszufinden versucht, was für ein Moment dort eingefangen worden war, geht er immer tiefer in sich. Er findet kein einziges Bild, auf dem die Tochter mit der Mutter oder dem Vater oder dem ältesten Bruder zu sehen ist. Als ob sie weder Mutter noch Vater gehabt hätte; nur einen Bruder.

Den ältesten Bruder hatte sie in der Tat kaum kennengelernt, denn als sie geboren wurde, hatte er sich schon von der Familie losgesagt und war kaum noch im Haus seiner Eltern. Sie war vielleicht neun, als er sich aufmachte, um in einem *kibuts* in *Erets Yisro'el* zu leben.

Das Fehlen von Fotos der Mutter hing vielleicht mit deren chronischer Antriebslosigkeit zusammen. Die Tochter war mitten im Krieg geboren und die Mutter wegen der Gerüchte über die Ermordung ihrer Familie in Polen völlig aufgelöst. Schlimmer noch, während ihrer Kindheit hatte seine Tochter eine Mutter gehabt, die sich nach der Bestätigung dieser Morde gänzlich aufgegeben hatte.

K. ist verstört, da er unter den Fotos keines findet, auf dem er selbst zu sehen ist, obwohl sie sein Liebling gewesen war und er sie jeden Tag zur Schule gebracht und sie verwöhnt hatte wie eine Prinzessin. Es wurde ihm bewusst, dass er nie ein Fotoalbum mit Bildern seiner Tochter angelegt hatte. Jede Familie hatte solche Alben, nur seine nicht.

Von seinem ältesten Sohn, dem Erstgeborenen, hatte seine Frau ein komplettes Album angelegt, von der Zeit an, als er ein Baby war, bis zu seiner Hochzeit, danach kamen Bilder, auf denen er, abgemagert, in dem *kibuts* zu sehen war, dann folgten die Enkelkinder. Von seinem mittleren Sohn gab es diese Fotokomposition, auf der das Kind in allen möglichen Posen lächelte – ein Muss zur damaligen Zeit. Sie hatten sie in einem schönen Bilderrahmen bewahrt, aber ein Album gab es nicht. Und von der Tochter gab es gar nichts. Weder gerahmte Bilder noch Album. Die Mutter fand die Tochter hässlich. K. wusste das. Daran muss es wohl gelegen haben, dachte er. Für ihn war seine Tochter keineswegs hässlich, aber er hatte trotzdem kein Album von ihr angelegt.

Aus Europa hatte K. ein Fotoalbum mit verschwommenen sepiafarbenen Bildern mitgebracht, die eine gewisse Magie ausstrahlten. Fotos der Eltern, seines Onkels Beni, der später in der Roten Armee kämpfen sollte, der Brüder in Berlin, des alten Hauses, das sie in Włocławek bewohnten. Und die Fotos seiner Literaturfreunde, die ganze Gruppe versammelt in Warschau. Er, noch jung, unter all diesen wichtigen Leuten. Vor allem das Bild, auf dem er neben dem großen Schriftsteller Joseph Opatoshu zu sehen war, erfüllte ihn mit Stolz. Es fiel ihm ein, dass seine Frau auf den zwei letzten Seiten, die noch leer waren, Fotos der Kinder eingeklebt hatte, nicht mehr als zwei oder drei und dazu noch eines der erstgeborenen Enkelin. Aber kein einziges der Tochter.

K. wundert sich über eine Serie, die 1966 – so stand es auf der Rückseite einiger Bilder – in Parati aufgenommen worden war. Obwohl man auch auf diesen Bildern dieses Zarte und Verletzliche an ihr wahrnahm, schien sie eine reife, erfüllte Frau zu sein, ihr Gesicht war entspannt wie bei jemandem, der eine schöne Zeit erlebt. Die nach hinten gebundenen Haare bildeten einen unauffälligen Zopf. Auf all diesen Fotos strahlte sie Eleganz aus.

Acht Jahre später spielt sich eine Tragödie ab. K. versucht zu erraten, welche dieser Momentaufnahmen wohl das letzte Foto seiner Tochter gewesen war. Er kommt wieder zu dem Bild mit dem traurigen Gesicht zurück, dieses, das er der Polizei und dem Arzt gezeigt hatte. Er entdeckte noch vier weitere Bilder, die nacheinander aufgenommen worden waren, und das gleiche Szenario am Rand eines Bettes oder Sofas wiedergaben, die gleiche dünne geblümte Bluse, der gleiche niedergeschlagene Gesichtsausdruck, der gleiche matte und trostlose Blick. Hier, da ist er sich sicher, hatte sie schon ein Vorgefühl des Allerschlimmsten.

K. schließt die Schachtel und stellt sie wieder zurück an den Platz, wo er sie entdeckt hat. Er überlegt: Wenn er diesem Arzt in Rio ein ganzes Album mit Fotos seiner Tochter gezeigt hätte, von der Wiege bis kurz vor ihrem Verschwinden, ihr gesamtes Leben umfassend, sie in all ihren Facetten zeigend, dann hätte er sie vielleicht wiedererkannt und ihm erklärt, was geschehen war. Aber er besaß kein Album mit Fotos seiner Tochter. Derart intensiv mit der Literatur und seinen Zeitungsartikeln beschäftigt, hatte er sich darum nie gekümmert.

## Die Therapie

Das Gesicht ist gut geschnitten, aber ausdruckslos, dünne Lippen und kleine, schläfrige Augen; die Kleidung unscheinbar, graue Bluse und grauer Rock als Arbeitskleidung. Das schwarze, strähnige Haar trägt sie kurz. Sie ist klein und kräftig. Zögernd betritt sie den Raum der Psychologin, presst die Hände gegeneinander und hält den Blick gesenkt. Die Therapeutin ist mit einer Karteikarte beschäftigt und fordert sie auf, sich zu setzen.

»Jesuína Gonzaga, zweiundzwanzig Jahre alt, hier steht, dass Sie nicht schlafen können, an Halluzinationen leiden und ein Attest brauchen, um sich behandeln zu lassen, richtig? Sind Sie wegen der Halluzinationen hergekommen?«

»Ich bin hergekommen, weil die Firmenleitung mich geschickt hat. Auf dem Papier der Firma muss stehen, dass ich schnell die Nerven verliere und nicht arbeitsfähig bin.«

»Ja, der Arzt der Ultragas schreibt das. Woraus besteht denn Ihre Arbeit, Jesuína?«

»Ich bin Reinigungskraft; früher habe ich in der Küche ausgeholfen, aber da haben sie immer so laut geschrieen; ich habe gebeten, mich in eine andere Abteilung zu schicken, mir war's egal, ob ich putze. Aber auch bei dieser Arbeit regt mich jede Kleinigkeit auf, und dann fange ich an zu zittern, mir wird ganz schwindlig und ich muss mich abstützen. Viel Schmutz macht mich auch nervös.«

»Es scheint, als ob sie Sie recht gern haben, sonst hätten sie Sie entlassen, nicht wahr, Jesuína? Sagen Sie mal, bevor Sie eingestellt wurden, haben Sie da nicht die vorgesehenen ärztlichen Untersuchungen gemacht? Oder ging es Ihnen erst schlecht, nachdem Sie schon eingestellt waren?«

»Ich habe keine Untersuchung gemacht ... sie werden mich nicht rauswerfen; sie haben es mir versprochen, ich bräuchte mir keine Sorgen zu machen; da hatten sie diese Idee mit der Krankschreibung, sie haben sogar davon gesprochen, mich wegen Arbeitsunfähigkeit vorzeitig in Rente zu schicken, aber dafür brauche ich erst mal das ärztliche Attest, so haben sie es mir erklärt. Alles Korinthenkacker. Immer diese Geheimniskrämerei. Aber zu mir sind sie gut; wer mir den Job vermittelt hat, das sind Leute von oben.«

Die Therapeutin checkt erneut die Karteikarte. Oft ist es so, dass Leute ohne vorausgehende Untersuchung beschäftigt werden, vor allem, wenn es um das Verrichten niederer Tätigkeiten wie Putzen geht. Oder sie greifen auf eine Agentur zurück, um sich das Ganze zu sparen. Aber sie hat gesagt, die, die sie vermittelt hätten, seien Leute von oben ... Ob sie womöglich einem Direktor zu Diensten war, auch wenn man sie nicht gerade attraktiv nennen kann? Oder war eine andere Beziehung im Spiel, vielleicht war sie das außereheliche Kind von einem dieser Herren? Neugierig versucht die Therapeutin, das Mädchen zum Sprechen zu bewegen:

»Und ist es das, was Sie möchten? Möchten Sie in Rente gehen?«

»Wer würde nicht gern Geld fürs Nichtstun bekommen ... Aber noch besser wär's, gesund zu werden. Dass es mir gut geht wie allen anderen. In meinem Kopf ist es immer so laut, ich will diesen Krach aus meinem Kopf raus kriegen, und ich schaffe es nicht. Ich hätte gern einen festen Freund, möchte mich amüsieren, aber die Kolleginnen fragen mich nicht mehr, sie sagen, dass ich ihnen auf die Nerven gehe, dass ich immer schlecht drauf bin ...«

Die Therapeutin spürt Mitleid; dieses Mädchen ist so alt wie ihre Tochter. Sie fragt:

»Waren Sie denn in irgendeiner Behandlung, bevor die Firmenleitung Sie zur Untersuchung hergeschickt hat?«

»Ich nehme Schlaftabletten; der Betriebsarzt gibt mir das Rezept, die Tabletten kriege ich nicht ohne Rezept, aber sie helfen von Tag zu Tag weniger.«

Die junge Frau hält ein paar Sekunden inne, dann fährt sie etwas energischer fort:

»Es gibt etwas, das ich nicht gesagt habe; wenn ich nervös werde, fange ich an zu bluten, als ob ich meine Tage hätte ... Es reicht, wenn der Chef mir einen Rüffel verpasst oder jemand etwas lauter wird oder irgendetwas anderes mich aufregt, und schon beginne ich zu bluten, das ist der Hauptgrund, dass sie mich nicht ertragen. Bevor ich bei der Firma angefangen habe, hatte ich schon ab und zu diese Blutungen, aber es ist schlimmer geworden, vorher war es nur, wenn ich wirklich große Angst bekam, wenn mich die Panik packte; jetzt reicht irgendeine Kleinigkeit, und es geht los. Die ganze Zeit muss ich vorbereitet sein, so, als würde ich meine Tage bekommen.«

Während sie vorgibt, die Karteikarte zu studieren, fragt die Therapeutin beiläufig:

»Jesuína, wer sind denn die da oben, die Ihnen diese Stelle verschafft haben?«

Die junge Frau blickt zu Boden und antwortet nicht. Die Therapeutin wiederholt die Frage und schaut dabei der Frau, die weiterhin schweigt, direkt ins Gesicht.

»Jesuína, ich bin hier die Ärztin, nicht die Chefin, und hier ist auch nicht die Firma, hier ist das INSS, das Institut für Soziale Versicherung, das hat nichts mit dem Arbeitgeber zu tun, ich bin nicht verpflichtet, Informationen weiterzugeben, ich kann Ihnen nur helfen, wenn Sie mir gegenüber offen sind. Ich weiß, dass es schwer fällt, über bestimmte Dinge zu reden, aber Sie müssen es versuchen ... Jesuína, was ist das für ein Lärm, den Sie aus Ihrem Kopf heraus haben möchten, was genau möchten Sie aus Ihrem Kopf heraus haben?«

Die junge Frau schweigt, nur ihre Schultern fallen nach vorn, sie schaut noch immer zu Boden.

»Jesuína, wenn sogar von vorzeitiger Rente aus Krankheitsgründen die Rede war, dann ist bei Ihnen etwas wirklich nicht in Ordnung, es geht also um Ihre Gesundheit, wie Sie selbst gesagt haben. Sie sind erst 22 Jahre alt ...«

Jesuína hüllt sich noch immer in Schweigen. Die Therapeutin fühlt sich irritiert und sagt mit kontrollierter Stimme, um nicht laut zu werden:

»Und noch etwas, das hier ist eine öffentliche Dienststelle, das bedeutet nicht, dass ich Sie schlechter behandle als einen Privatpatienten, aber hier stehen Schlangen von Menschen, die auch behandelt werden möchten, und wenn Sie nicht mitmachen, kein Wort sagen, dann muss ich den anderen diese Zeit widmen, ich verschreibe Ihnen die Tabletten zum Schlafen und dann noch Tabletten zum Munterwerden, bestelle Sie nach sechs Monaten wieder her und basta ... Ist es das, was Sie wollen?«

Jesuína scheint zu zögern, antwortet aber noch immer nicht.

»Jesuína, ist es das, was Sie wollen?«

Endlich gibt sich das Mädchen einen Ruck, doch die Stimme ist leise, kaum zu hören, das Tempo langsam.

»Wer mir die Stelle verschafft hat, war ein Kommissar, Kommissar Fleury.«

»Der Fleury von der Todesschwadron? Reden Sie von dem, Jesuína? Von Sérgio Paranhos Fleury?«

Verblüfft steht die Therapeutin auf, bleibt aber nicht stehen, um das Mädchen nicht einzuschüchtern, sondern setzt sich langsam wieder hin. Sie befürchtet, sich auf gefährliches Terrain zu begeben. Aber ihre Neugier gewinnt die Oberhand über die Angst. War es möglich, dass das, was das Mädchen sagte, wirklich stimmte?

»Ja, genau der. Ich habe ab und zu für den Fleury gearbeitet; nachdem alles zu Ende war und das Haus geschlossen wurde, hat er mir die Stelle hier besorgt. Er war eng befreundet mit dem Inhaber der Firma, ein Ausländer, Doktor Alberto. Dieser Ausländer wurde von Terroristen umgebracht. Aber Fleury hat mit den anderen Firmenchefs gesprochen, und sie haben mir einen Vertrag gegeben.«

Die Therapeutin versucht, ihr Erstaunen zu verbergen; sie tut so, als ob sie nicht begreift:

»Sie sagen, Sie haben ab und zu für Fleury gearbeitet, das verstehe ich nicht – und hängen Ihre Halluzinationen damit zusammen?«

Das Mädchen scheint nun entschlossen zu reden. Sie spricht deutlich, wenn auch etwas stockend:

»Es ist kompliziert, ich muss von Anfang an erzählen: Der Fleury hat mich aus dem Frauengefängnis von Taubaté herausgeholt und mich in dieses Haus gebracht. Er hat mich auf Bewährung freigekriegt und mich zum Aushelfen mitgenommen. Ich war im oberen Stock, habe Kaffee gekocht, Brote geschmiert, gefegt, den Gefangenen Wasser gebracht, ab und zu eine Zelle gesäubert ...«

Jesuína unterbricht sich und fügt hinzu: »Immer, wenn er kam, musste ich auch mit ihm ins Bett gehen ...«

»Kommen diese Blutungen und Halluzinationen daher, hat er Ihnen Gewalt angetan?«

»Nein, das hat mir nichts ausgemacht, ich bin mit ihm ins Bett, weil ich wollte, es hat mir Spaß gemacht. Die Halluzinationen haben später angefangen, als das Haus schon geschlossen war.«

»Das Haus, was für ein Haus ist das, Jesuína, so wie Sie es sagen, hört es sich an, bitte entschuldigen Sie das Wort, wie ein Bordell ...«

»Nein, überhaupt nicht, Sie haben mich nicht verstanden. Es war ein Gefängnis, getarnt als Wohnhaus. Manchmal befahl er mir, die Gefangenen zu belauschen und zu hören, was der eine oder andere sagte; ich sollte sauber machen oder ihnen Wasser bringen und so tun, als ob ich auf ihrer Seite stehe, um zu sehen, ob sie mir irgendwelche Zettel zustecken, eine Telefonnummer, ich sollte mich mitfühlend zeigen, ihnen anbieten, der Familie Bescheid zu sagen, solche Sachen. Manchmal haben sie mir geglaubt und mir einen Zettel zugesteckt. Ich habe ihn direkt an Fleury weitergegeben. Ich tat so, als ob ich auch eine Gefangene sei und gezwungen wäre zu putzen; wenn sie mich fragten, sollte ich sagen, ich hätte meinen Stiefvater umgebracht, weil er mich vergewaltigt hat, und dass ich von der Strafanstalt Bangu verlegt worden wäre, um hier als Reinigungskraft zu arbeiten. Das war die Geschichte, die ich erzählen sollte, aber immer nur einen Teil davon, nur so viel, dass sie Vertrauen fassten. Einmal haben sie mich zusammen mit einer Gefangenen in eine Zelle gesperrt. Aber das ist nur ein einziges Mal passiert.«

»Und diese Story, den Stiefvater umgebracht zu haben, Jesuína, stimmt die oder ist die erfunden?«

»Erfunden, er ist überhaupt nicht gestorben, ich habe es versucht, aber es war nur so'n kleines Messer und ich war erst dreizehn. Er hat mich vergewaltigt, als ich zwölf war. Hat gewartet, bis meine Mutter weg zur Arbeit ist und hat mich dann gepackt. Das habe ich nie vergessen, dieses Untier, ich habe viel Blut verloren, als ich dieses blutverschmierte Laken gesehen habe, dachte ich, jetzt sterbe ich. Die Blutungen haben wegen diesem Stiefvater angefangen. Jedes Mal, wenn er sich an mich herangemacht hat, sogar schon, bevor er mich anfasste, fing ich an zu bluten. Da bin ich von zu Hause abgehauen und hab mit den Drogen angefangen. Ich hab einen Typen kennen gelernt, der mir geholfen hat, von zu Hause wegzukommen. Ich bin nie wieder zurück. Im Frauengefängnis hab ich gesessen wegen der Drogen, das hatte nichts mit dem Stiefvater zu tun. Dieser Typ dealte und ich wurde mit in die Sache hineingezogen.«

»Haben denn die Gefangenen, deren Vertrauen Sie gewinnen sollten, Ihre Geschichte geglaubt?«

»Sie hatten keine Zeit, mir zu glauben oder auch nicht. Sie sind nicht länger als ein oder zwei Tage geblieben. Der Fleury hat gesagt, ich brauchte nicht viel zu erfinden, wenn die Gefangenen nachfragten, sollte ich bei der Geschichte mit dem Stiefvater bleiben. Der Fleury ist immer zusammen mit dem Gefangenen angekommen oder etwas später; er ist aus São Paulo angereist, wissen Sie, und in der gleichen Nacht oder am nächsten Morgen hat er sie verhört, und danach waren die Gefangenen schon verschwunden, und ein paar Tage später kamen neue.«

Voller Entsetzen spürt die Therapeutin, wie ihr die Hände zittern, sie tut so, als ob sie sich Notizen auf der Karteikarte macht, aber nicht einmal das gelingt ihr. Sie trinkt ein wenig Wasser, das sie aus der Kanne eingießt, die auf der Konsole neben ihr steht, und bietet Jesuína ebenfalls ein Glas an, sie nimmt es. Sie muss nachdenken. Das, was sie gehört hat, jagt ihr Angst ein, aber gleichzeitig will sie mehr erfahren. Die Gesichter von ehemaligen Kollegen und Freunden tauchen blitzartig vor ihrem geistigen Auge auf. Sie spürt, dass Jesuína ein schwerwiegendes Geheimnis mit sich herumträgt. Sanft fragt sie:

»Haben Sie sich jemals wegen dieser Blutungen in Behandlung begeben? Haben Sie sich einer Therapie unterzogen?«

»Nein, ich habe nur eine Behandlung gemacht, um von den Drogen loszukommen. Nachdem der Fleury das Haus geschlossen hat, war ich auf einem Bauernhof in São Bernardo interniert. Er gehört den Patres, ich war sechs Monate dort, dann war ich gesund und der Fleury hat mir Arbeit in einer Kaserne in Quitaúna besorgt, aber da bin ich wieder abhängig geworden und kam nochmal in die Klinik, dann bin ich endlich davon losgekommen. Seit drei Jahren und sechs Monaten bin ich clean.«

Die Therapeutin lässt wieder ein paar Sekunden verstreichen und fragt:

»Sie haben viel von diesem Haus, das Fleury geschlossen hat, erzählt. Wie war dieses Haus, Jesuína? Wo stand es?«

Die junge Frau antwortet nicht.

»Jesuína, Sie müssen nicht alles auf einmal erzählen und auch nichts erzählen, das Sie nicht erzählen wollen, aber um gesund zu werden, müssen Sie sich der Vergangenheit stellen, Sie müssen all das, was sie peinigt, was zu diesen Halluzinationen und Blutungen führt, herauslassen; hat es etwas mit den Gefangenen in diesem Haus zu tun?«

Jesuína schweigt, ihre Schultern sind tief eingesunken.

»Jesuína, erzählen Sie mir ein wenig von diesem Haus, sagen Sie, was Ihnen durch den Kopf geht, an was Sie sich erinnern, lassen Sie es heraus, das wird Ihnen gut tun.«

»Es war ein Haus wie jedes andere auch, nur groß, es lag an einem Abhang, ganz oben auf dem Berg, in Petrópolis. Es war eine ganz normale Straße mit lauter großen Einfamilienhäusern von reichen Leuten, mit ebenso großen Gärten und Höfen; dieses hatte ringsherum eine hohe Mauer und war an der Seite von Wald begrenzt, man konnte nicht sehen, was drinnen passierte. Wenn die Wagen ankamen, ging das Tor automatisch auf, das Fahrzeug mit dem Gefangenen fuhr hinein, und er wurde sofort nach unten gebracht, da wo die Zellen waren. Es waren nur zwei Zellen. Ich war meistens oben, auf der Seite, die zur Straße ging. Im unteren Stockwerk gab es außer den Zellen auch noch einen abgeschlossenen Teil, wo sie die Gefangenen verhört haben, es war furchtbar mit den Schreien, bis heute höre ich diese Schreie, meine Alpträume sind voller Schreie. Noch weiter unten, in der Ecke des Hofes, fast am Ende des Abhangs, gab's so etwas wie einen Lagerschuppen oder eine Garage. Ab und zu musste ich den abgeschlossenen Raum, wo die Gefangenen verhört wurden, sauber machen, aber zu dem Schuppen da unten haben sie mich nie geschickt ...«

In sanftem Ton hakt die Therapeutin nach:

»Was ist dort unten passiert, Jesuína?«

Doch Jesuína stellt sich taub und fährt fort:

»... ich habe die Gefangenen bedient, die Zellen gesäubert, versucht, mich lieb Kind zu machen. Ihre Gesichter waren der Horror, die Augen aus den Höhlen getreten; sie zitterten, einige sprachen mit sich selbst, andere sahen aus wie tot, lagen halb ohnmächtig da ...«

»Sie sagten, die Gefangenen seien nach ein paar Tagen verschwunden, wohin kamen sie denn?«

Keine Antwort.

»Sie haben von diesem anderen Bau dort unten gesprochen.«

Jesuína scheint sich nun zu erinnern, sie fährt wie im Selbstgespräch fort:

»An einem Tag brachten sie einen jungen Mann, der sah richtig gut aus, wissen Sie, schlank, nett, aber der Arme, sein Bein blutete, er hatte eine riesige Wunde voller Eiter, und anstatt sie zu versorgen, streuten sie Salz hinein ... Er war drei Tage da, dann haben sie ihn dort runter gebracht ... Sein Gesicht habe ich nie vergessen, so zart, so schön, die riesige Wunde am Bein, ihm habe ich wirklich geholfen, von Herzen, nicht nur so getan als ob, aber er bekam schon kein Wort mehr heraus ...«

»Können Sie sich an seinen Namen erinnern?«

»Er war so nett. Er hat mir sogar seinen Vornamen verraten, Luiz; nur das, Luiz, und mir eine Telefonnummer gegeben, aber ich habe mich so sehr erschrocken, dass ich das Papier verloren habe, ich habe es nicht an Fleury weitergegeben, ich glaube, es war die Telefonnummer der Mutter ...«

»Sie haben von dem da unten gesprochen ...«

»Immer, wenn ein neuer Gefangener gebracht wurde, kam Doktor Leonardo, ein Arzt aus Rio de Janeiro; wenn es dem Gefangenen während des Verhörs nicht gut ging, ging er in diesen geschlossenen Raum und untersuchte ihn. Wenn Doktor Leonardo sich auf den Weg machte, wusste ich, es war zu Ende, mit diesem Gefangenen hatten sie kurzen Prozess gemacht, kurz darauf würden sie ihn da unten hinbringen ...«

»Mit diesem Gefangenen hatten sie kurzen Prozess gemacht ...«, wiederholt die Therapeutin wie zu sich selbst, sie will nachfragen, aber die junge Frau fährt fort:

»Einmal haben sie zwei Herren gebracht, die waren bestimmt schon über sechzig, gut angezogen, Anzug, sie haben jeden in eine Zelle gesteckt, die haben sie nicht mal geschlagen, haben sie gleich ganz nach unten gebracht, zuerst den einen, zwei Stunden später den anderen ...«

Die Therapeutin fragt:

»Sie haben am Anfang gesagt, dass man Sie in eine Zelle mit einer Gefangenen gesperrt hat. Warum haben Sie sich daran erinnert?«

»Weil mir diese junge Frau nicht aus dem Kopf geht, sie hatte so ein Gesicht, das man nicht vergessen kann; sie wurde an einem Nachmittag gebracht, nicht am Abend, es war am späten Nachmittag, sie hatte lauter dunkle Flecken an den Armen, ich glaube, sie haben ihren Arm eingezwängt oder umgebogen, aber sie war nicht verletzt im Gesicht, ich habe diese starke Erinnerung an ihr Gesicht behalten wegen dem, was nachher passiert ist.«

»Hm, und was ist nachher passiert?«

»Sie haben mich mit ihr in eine Zelle gesperrt, ohne etwas zu sagen, und ich habe versucht, mit ihr ins Gespräch zu kommen. Sie hat mir ihren Namen gesagt und danach kein Wort mehr. Sie hat ihren vollständigen Namen genannt, ja, ich glaube den vollständigen, aber ich habe ihn nicht behalten, es war ein komplizierter Name. Sie hat ihn aufgesagt wie jemand, der weiß, dass er sterben wird und den Namen hinterlassen möchte, damit die anderen Bescheid wissen.«

»Und dann?«

»Dann, als es schon dunkel war, kam der Fleury. Er ließ mich holen und fragte nach der Frau, und ich habe geantwortet, nichts, sie hat nur ihren Namen gesagt und dann nichts mehr ... da hat er angeordnet, dass ich zurückgebracht werde. Die Frau kam mir vor wie eine Statue, ihre Stellung war unverändert und aus ihrem Mund kam noch immer kein Wort.«

Plötzlich verstummt Jesuína.

»Jesuína ..., die Frau, Sie haben von dieser Frau erzählt.«

»Der Fleury hat mich nach unten geschickt, ich sollte noch einmal versuchen, ihr etwas zu entlocken. Am frühen Morgen kam der Doktor Leonardo. Ich habe es dort unten gemerkt, dass es der Doktor war und ihr leise zugeflüstert, wenn der Arzt kommt, dann werden sie dich in die Mangel nehmen, sie werden dir wehtun. Bald danach sind sie gekommen, um sie abzuholen. In diesem Augenblick hat sie einen Finger in den Mund gesteckt, es sah so aus, als ob sie etwas zerbeißt, und ein paar Sekunden später, als ob sie einen Anfall hat. Sie hatten noch nicht einmal die Zellentür aufgeschlossen, da fiel sie stöhnend zur Seite, ihr Gesicht sah furchtbar aus und ein paar Sekunden später war es zu Ende. Sie sah aus wie tot, und sie war auch wirklich tot.«

»Wissen Sie, was passiert ist?«

»Sie haben gesagt, sie hätte Gift genommen, dass sie eine Kapsel im Mund hatte und sie nur noch schlucken musste. Der Fleury ist in dieser Nacht ausgeflippt, hat alle zur Schnecke gemacht, es war der größte Aufruhr. Dann hat er befohlen, sie nach unten zu bringen.«

»Nach unten, nach unten, verdammt, was war denn da unten?« Die Therapeutin verliert die Geduld.

»Da war eine Tonne. So eine große Blechtonne. Es gab diese Garage, die in den Hinterhof ging und aussah wie ein Werkzeugschuppen; sie brachten die Gefangenen dorthin und tauchten ein paar Stunden später mit einigen fest verschnürten Säcken aus Segeltuch auf, verluden sie auf einen kleinen Lastwagen, der mit laufendem Motor direkt vor dem Eingangstor parkte, und fuhren los. Ich glaube, sie haben diese Säcke weit weggebracht, denn der Laster brauchte immer einen ganzen Tag, bis er zurückkam. Dann haben sie dort unten alles mit einem Gartenschlauch abgespritzt, geschrubbt und desinfiziert. Sie haben Kleidungsstücke und andere Sachen in die Blechtonne geworfen und verbrannt. Zwei oder drei Mal haben sie mich gerufen, damit ich ihnen helfe, den Zementboden um die Garage herum sauberzumachen. Es waren immer dieselben zwei Militärpolizisten, die das erledigten. Das PM-Doppel, so wurden sie auch genannt, sie wurden nie beim Namen gerufen. Immer diese zwei. Beide ständig betrunken.«

»Wissen Sie, was sie mit den Gefangenen dort gemacht haben?«

Jesuína scheint es nicht gehört zu haben. Die Therapeutin wiederholt die Frage etwas nachdrücklicher.

»Was haben sie dort unten mit den Gefangenen gemacht, Jesuína?«

»Die Gefangenen wurden dort hingebracht, immer einzeln, und dann habe ich sie nie wieder gesehen. Vom Fenster oben konnte ich sehen, wie sie in die Garage gebracht wurden, aber ich habe nie einen herauskommen sehen. Nie kam ein Gefangener heraus. Nie.«

»Aber was war denn in dieser Garage, Jesuína?«

Jesuína presst beide Hände an den Kopf, als ob sie sich die Ohren zuhalten wollte und bleibt lange so sitzen, stumm, mit gesenktem Kopf; dann rückt sie ihren Stuhl nahe an die Therapeutin heran und flüstert, wie jemand, der ein Geheimnis weitersagt:

»Einmal war ich fast den ganzen Vormittag über allein in dem Haus, das PM-Doppel ist ganz früh mit dem Lastwagen losgefahren, sie haben gesagt, die Segeltuchsäcke seien alle, sie müssten ziemlich weit fahren, um sie zu besorgen, es könnte länger dauern. Der Fleury war schon am frühen Morgen wieder nach São Paulo abgereist. Ich allein war also für alles zuständig. Da bin ich dort runter gegangen, hab's mir angesehen. Die Garage hatte kein Fenster, die Tür war mit einem Vorhängeschloss abgeschlossen. Eine Holztür. Aber ich habe durch ein Loch geguckt, das sie gebohrt hatten, um den Gartenschlauch durchzustecken. Ich habe diese Haken gesehen, wie beim Fleischer, einen großen Hacktisch und Messer, Sägen und Hackbeile, wie der Metzger sie benutzt. Die tauchen in meinen Alpträumen auf, ich sehe dieses Loch, Stücke von Menschen. Abgeschnittene Arme, Beine. Blut, sehr viel Blut.«

Jesuína beginnt zu schluchzen, am Anfang ein dumpfes Wimmern; dann wird das Weinen stärker, und von Krämpfen geschüttelt gleitet sie nach und nach vom Stuhl; bevor sie zusammenbricht, hält die Therapeutin sie fest und richtet sie auf, legt die Arme um sie. Auch sie weint.

## Das Ende der Literatur

Seit dem Tag, als er andächtig jede einzelne Treppenstufe des Bischofspalais' von São Paulo hinaufgestiegen war, um sich mit dem Bischof zu treffen, hatte K. mit dem Gedanken gespielt, seine Überlegungen und Beobachtungen aufzuschreiben, so stark waren die Eindrücke jenes Tages gewesen, ganz abgesehen von ihrer besonderen Symbolik, ein Oberhaupt der katholischen Kirche, genau dieser Kirche, die einen Torquemada hervorgebracht hatte, kam ihm jetzt entgegen und war zutiefst und ehrlich bemüht, seine Tochter zu finden, was nicht einmal die Rabbiner getan hatten.

Doch es gingen Tage und Wochen ins Land und er hatte nichts zu Papier gebracht. Jetzt bereut er es, wenigstens hätte er seine Kontakte und Suchaktionen in einem Tagebuch festhalten können. Jetzt, wo schon keine Hoffnung mehr besteht, wo er Mühe hat, seine Tage herumzubringen, da es schon nichts mehr zu suchen oder niemanden mehr anzusprechen gibt, bleibt ihm wirklich nur noch die Möglichkeit, sein Handwerk als Schriftsteller wieder aufzunehmen. Nicht, um Helden zu erschaffen oder sich Geschichten auszudenken, sondern um mit seinem eigenen Unglück fertig zu werden.

Er beschloss, sein größtes Werk zu schreiben, die einzige Form, mit all dem, was er vorher geschrieben hatte, zu brechen, dafür zu büßen, dass er der jiddischen Literatur so viel Aufmerksamkeit gewidmet hatte, dass er die Anzeichen für die Verstrickung seiner Tochter in eine militante Untergrundpolitik nicht wahrgenommen hatte, obwohl einige davon so auffällig gewesen waren, dass es sich zweifellos um versteckte Hilferufe handelte, die er, verblendet, nicht wahrgenommen hatte.

Er ging vor, wie er es immer tat: Auf kleine Pappen, die er sich aus den leeren Hemdenkartons zurechtschnitt, notierte er vereinzelte Beobachtungen in dem Augenblick, in dem ihm etwas auffiel; in einer zweiten Etappe würde er diese Pappstücke zu unterschiedlichen kleinen Häufchen aufschichten und der Erzählung, stets auf Jiddisch, eine Struktur verleihen – all das per Hand. Erst später würde er den Text auf seiner mit hebräischen Typen bestückten Schreibmaschine, die er aus New York mitgebracht hatte, tippen, so wie er es immer tat, wenn er Texte für Zeitungen und Zeitschriften schrieb.

Da die jiddische Sprache sich auf das hebräische Alphabet und gleichzeitig auf die deutsche Syntax stützte, sprachen ihre Gegner, unter denen sich sogar Ben-Gurion befand, von einer Monstersprache, dem Frankenstein unter den Sprachen. Die Monster sind sie, die in *Erets Yisro'el* eine so ausdrucksstarke Sprache so vieler großer Schriftsteller vernachlässigt haben, klagte K. wiederholt.

K. fügte verschiedene Karten mit den niedergeschriebenen Episoden, Dialogen und Szenarien zusammen. Doch als er sie in eine kohärente Erzählform bringen wollte, funktionierte etwas nicht. Er vermochte es nicht, den Gefühlen Ausdruck zu verleihen, die ihn in vielen Lebenssituationen überwältigt hatten, zum Beispiel während der Begegnung mit dem Erzbischof.

Es war, als ob das Wesentliche fehlte; als ob die Worte, obwohl gezielt ausgewählt, anstatt die Tragweite dessen zu transportieren, was er fühlte, im Gegenteil die wichtigste Bedeutung verbergen oder herauslösen würden. Es gelang ihm nicht, sein Unglück auszudrücken mittels der beschränkten Semantik des Wortes, des allzu präzisen Ausschnitts des Begriffs, der Vulgarität des idiomatischen Ausdrucks. Er, der preisgekrönte Dichter der jiddischen Sprache, konnte die angestrebte Transzendenz nicht über die Sprache erreichen.

Lag es etwa an einer Unzulänglichkeit des Jiddischen selbst? Gelang es einem derart misshandelten Volk nicht, das Leid über die eigene Sprache auszudrücken? Obwohl erst in den letzten hundert Jahren eine wahre jiddische Literatur entstanden ist, war die Sprache doch schon tausend Jahre alt und wurde vor dem Holocaust von mehr als zehn Millionen Menschen gesprochen.

Außerdem, überlegte K., wenn das Jiddische eine Sprache der zärtlichen Diminutiva war, die angestammte Sprache von Handwerkern und ganz armen Leuten, von Kutschern und fliegenden Händlern, gab das umso mehr Anlass, seine Gefühle auf Jiddisch auszudrücken; man denke an die Erzählungen von Sholem Aleichem und Bashevis Singer.

Aber es gelang ihm nicht. Ob das Jiddische zu prüde war, um die Obszönität zu beschreiben, die ihm widerfahren war? Schimpfwörter stießen ihn ab, wie seine ganze Generation, die im *kheyder* erzogen worden war;

selbst wenn sie die Religion ablegten, konnten sie sich nicht von diesem sprachlichen Schamgefühl freimachen.

Allmählich wurde sich K. bewusst, dass es um ein größeres Hindernis ging. Klar, immer beschränkten die Wörter das, was man sagen wollte, aber das war nicht das Hauptproblem; seine Blockade war moralischer, nicht sprachlicher Natur: Es war falsch, die Tragödie seiner Tochter zum Gegenstand literarischen Schaffens zu machen, nichts konnte falscher sein als das. Eitelkeiten nähren, indem man so etwas Hässliches mit schönen Worten beschrieb. Zumal er wegen dieses verdammten Jiddisch nicht fähig gewesen war, zu sehen, was sich direkt vor seinen Augen abgespielt hatte, die Anstrengungen seiner Tochter, um zu verhindern, dass er sie besuchte, ihre plötzlichen Reisen, ohne zu sagen, wohin.

Er erinnerte sich an den Tag, an dem sie eilig – vielleicht verschreckt – in ein Samstagstreffen mit den Schriftstellern hineingeplatzt war und er sie zurechtwies, ohne ihr in die Augen zu sehen, ohne herausfinden zu wollen, was sie wollte. Man stelle sich vor, eine solche Episode zu Literatur machen zu wollen – ganz und gar unmöglich!

In jener Nacht zerriss K. die Karten mit den Notizen; er zeriss sie in kleine Stücke, damit nichts davon übrig blieb, und warf alles in den Papierkorb. Er schwor, niemals mehr etwas auf Jiddisch zu schreiben. Fast hätte er Ben-Gurion zugestimmt, der das Jiddische als Sprache der Schwachen angeprangert hatte, derjenigen, die sich abschlachten ließen, ohne aufzubegehren, so als hätten sie bereits die Strafe für eine bewusste oder unbewusste Schuld erwartet.

Auch ein Zufall verhalf ihm zu dieser Entscheidung: Er wollte seinen Enkelinnen in *Erets Yisro'el* alles erzählen, was geschehen war. Und die Enkelinnen konnten kein Jiddisch, nur Hebräisch. In der gleichen Nacht schrieb K. seiner Enkelin in *Erets Yisro'el* den ersten Brief, in einem fehlerfreien Hebräisch, wie er es als Kind im *kheyder* gelernt hatte. Nun war er nicht mehr der renommierte Schriftsteller, der aus dem Unglück seiner Tochter Literatur schuf; er war der Großvater, der eine Familientragödie für seine Enkel niederschrieb.

## Das Handbuch des Militärlebens

»Der verkauft seine eigene Mutter.«

Der Mann ist präzise und verleiht seinen Worten Nachdruck, wie man es von einem Vier-Sterne-General erwartet. Aus Gewohnheit greift er auf eine derbe Bildsprache zurück, denn in der Kaserne hat das zum guten Ton gehört. Ausgebildet, um zu kommandieren, spricht er knapp und grob, wenn er auch mittlerweile keine Befehle mehr erteilt. Er ist vom Heereskommando abgelöst und aus der Armee entlassen worden, weil er sich dem Militärputsch widersetzt hatte.

Sein Haar ist weiß geworden, aber er steht straff und kerzengerade da, während er seine ehemaligen Kollegen und Kommandomitglieder unter die Lupe nimmt. Er betont ohne jede Emotion, als klassifiziere er eine Sammlung von Spinnentieren. Auf dem Tisch vor ihm liegt aufgeschlagen der Heeres-Almanach, das Verzeichnis sämtlicher Offiziere vom Leutnant aufwärts in den drei Truppengattungen des Heeres: Infanterie, Kavallerie und Artillerie.

Sein jüngster Bruder, ein anerkannter Chirurg, hat viele der Unternehmer und Bänker, die in den verfluchten Staatsstreich verwickelt waren, operiert und ihnen möglicherweise das Leben gerettet. Ungeachtet dessen hat man den General nicht verschont. Die unrechtmäßige Entlassung hat seine kritische Wahrnehmung verstärkt und seine Zunge noch mehr gelockert, man merkt, dass er trotz seiner Zugehörigkeit zum Militär ein feiner Mensch ist.

»Dieser andere verkauft nicht nur seine Mutter, sondern liefert sie aus.«

Der Almanach gleicht einer Telefonliste. Abkürzungen in kleinen Buchstaben hinter jedem Namen bezeichnen die Stationen in der Laufbahn des Offiziers seit seinem Eintritt in die Militärakademie; jede Rangänderung wird vermerkt; jedes Ergebnis in der Kadettenanstalt und den Spezialausbildungen und Fortbildungsmaßnahmen ebenso. Unterteilt in drei Sektionen, für jede Truppengattung eine, das ist das Buch der militärischen Karriere.

»Der hier war der Klassenbeste.«

Einer, der in der Militärakademie den ersten Platz in seiner Klasse gemacht hat, wird für immer als »der Klassenbeste« bezeichnet. Doch welche Überraschung! Sollte die brasilianische Armee etwa so zivilisiert sein, dass Bildung und, warum nicht, Intelligenz darin das vorherrschende Prinzip darstellten? Oder fleißiges Lernen und Erwerb von Kenntnissen? Eine Armee, die der intellektuellen Leistung Priorität einräumt?

»Wissenshungrig, nur die Angehörigen der Artillerie.«

Die müssen sich mit Trigonometrie und Ballistik auseinandersetzen, den Schusswinkel berechnen unter Berücksichtigung von Windrichtung, Kaliber und Nutzlast sowie der Feindbewegung. Das sind Gleichungen mit mehreren Unbekannten. Sie haben gelernt, logisch zu denken. Deshalb sind sie zur Führungstruppe innerhalb der Armee aufgestiegen; die einzigen, die über eine strategische Sicht verfügen. Sie haben den Militärputsch vorbereitet und durchgeführt.

»Der Rest ist eine Horde von Ignoranten, die Schlimmsten sind die von der Kavallerie.«

In einer Armee, die seit fünfunddreißig Jahren keinen Krieg führt, gibt es keine Orden für den Mut auf dem Schlachtfeld, keine gefährlichen Einsätze, nicht einmal den Test der Extremsituation, sei es für die Einheit oder das Individuum. Das Einzige, was es gibt, ist das Punktesammeln im Klassenraum, das zackige Salutieren, die glattgebügelte Uniform, die gewichsten Stiefel; das rhetorische Reich der hypothetischen Kriege, die nie stattfinden werden, und die Vorstellungswelt der Logistik. Alles auf dem Papier, in der Theorie. Schubfächer über Schubfächer voller Landkarten und Pläne zum strategischen Angreifen, taktischen Vorrücken und Abrücken.

»Die wichtigste angenommene Hypothese war ein Krieg gegen Argentinien, alles Blödsinn, nur um sie bei der Stange zu halten.«

Für jeden Abschnitt dieses langweiligen Militärdaseins gibt es ein minutiöses Punktesystem. Posten als Kommandeur, Posten als Abteilungsführer, alles fließt in die Rechnung mit ein. Aber wie in jeder hierarchischen Organisation sind die Regeln nur dazu da, um immanente Gefälligkeiten zu legitimieren, nie, um das Leistungsprinzip durchzusetzen. Entscheidend sind die Freundschaften. Die Loyalitätsbande. Nicht die ehrliche Loyalität, die keine Rechtfertigungsgründe braucht. Es ist eine kalkulierte Loyalität, die nötig ist zum Überleben in dem Binnenkrieg um die Beförderung. In diesem Heer von Opportunisten werden die einzigen Kämpfe vom Individuum gegen seinesgleichen in dem Gerangel um den Aufstieg ausgefochten. Je höher man in der militärischen Rangskala aufrückt, um so dünner sind die Posten gesät.

»Der engste Flaschenhals befindet sich beim Übergang vom Oberst zum Brigadegeneral. Nur einer von fünfzig Obristen wird General. Und dann womöglich entlassen.«

Bei diesen Schreibtischmilizen werden die Verluste nicht in dem Theater, genannt Krieg, verzeichnet; sie stehen in den Listen, die der Generalstab den militärischen Dienststellen zuleitet, damit die Beförderungen entschieden werden. Die Übergangenen fallen, ohne einen Schuss abzufeuern. Sie fallen raus. Ein Offizier kann nicht auf der gleichen Rangstufe sitzenbleiben.

»Damit er zum General befördert wird, braucht der Oberst einen Wohltäter, er muss zu einer Seilschaft gehören, zu einem General, der ihn beschützt.«

Lange bevor er den Rang eines Oberst erwirbt, muss der Offizier schon in diese Seilschaft investieren, durch Speichellecken und Untertänigkeit. Er macht sich auf Dauer zum Adlatus des Generals.

»Der hier war mein Schüler bei der Ausbildung als Fallschirmjäger. Er hat sich zu einem Verfechter der Legalität entwickelt, wie ich. Als ich mich dem Putsch widersetzt habe, zog er mit. Als ich gehen musste, musste er auch gehen. Aber die Mehrheit meiner Untergebenen hat mich verraten, sie haben sich auf die Seite der Putschisten geschlagen.«

Es gibt zwei Möglichkeiten, sich die Beförderung zu sichern, den Lakaien eines Generals zu machen oder den Namen des Rivalen auf der Beförderungsliste zu bekleckern. Kriecher und Verräter. Formen, die sich mal abwechseln, mal ergänzen. Es kann auch dazu kommen, dass man den eigenen General verraten muss. Der Verrat ist die logische Folge der opportunistischen Loyalität. In der militärischen Korporation öffnet sich ein Offizier niemals zur gleichen Zeit gegenüber zwei anderen. Nur gegenüber einem einzigen; so weiß er, falls er verraten wird, wer ihn ans Messer geliefert hat. Verrat ist auch eine Kunst.

»Luís Carlos Prestes hat diese Vorsichtsmaßnahmen auch in der Fünften Kolonne übernommen und danach in den Sicherheitsregeln innerhalb der Partei festgeschrieben, zumal er fast immer im Untergrund lebte. Das hat dazu geführt, dass er die Partei zu einer noch geheimeren Organisation gemacht hat, als sie es schon war – unter keinen Umständen Treffen von mehr als zwei Personen und das auch nur im Flüsterton.«

Gewohnheiten schaffen Werte. Die Praxis des Verrats und der Dissimulation fließt in das militärische Ethos mit ein. Die Werte verkehren sich in ihr Gegenteil. Alle sind sie Esterházys; keiner ein Dreyfus; an Stelle der Tapferkeit die Grausamkeit; die Entehrung an Stelle der Ehre; das arme Volk als Feind; die Bösartigkeit in ihrer extremsten Ausprägung. Durchschnittene Kehlen in Canudos; Hinrichtungen von Gefangenen, fast noch Kinder, nach ihrer Kapitulation am Araguaia, 1974; Zerstückelung von Leichen, um sie als »verschwunden« deklarieren zu können. Auf ein scheußliches Verbrechen folgt ein für eine hierarchische Organisation widersprüchliches, auf der neuen Werteskala aber logisches Verbrechen: die Vernichtung der Beweismittel.

»Dieser hier ist der einzige General, der sich meines Wissens bemüht hat, dass mit der Folter Schluss gemacht wird.«

Obwohl er zur extremen Rechten gehörte, war der General Spiritist; als er von den Folterungen erfuhr, tauchte er überraschend in der Rua Barão de Mesquita auf und erteilte Befehl, alles sofort zu stoppen. Spiritisten lassen es nicht zu, dass Lebewesen, egal ob Mensch oder Tier, gequält werden, denn sie glauben an die Reinkarnation; für sie ist der Körper die provisorische Wohnstätte der Seelen unserer Vorfahren, die verehrt und respektiert werden müssen. Es könnte sein, dass einer den Urgroßvater oder die eigene Mutter foltert, falls sie bereits gestorben ist.

»Kaum war er wieder weg, schon setzten sie ihr Handwerk fort. Nun ja, er hat ja auch niemanden entlassen, die Verantwortlichen weder intern noch in der Öffentlichkeit bloßgestellt.«

Nach der vorherrschenden neuen Militärdoktrin, der psychologischen Bekämpfung des politischen Gegners, kann der Feind in jedem einzelnen von uns schlummern, bisweilen noch in latenter Form; in einem Theaterschauspieler, einem naiven Jugendlichen, einem aufmüpfigen Mädchen, einem progressiven Geistlichen. Nach dieser Doktrin kann nur die Folter die subversive Veranlagung des Verdächtigen aufdecken. Genau wie zu Zeiten der Inquisition, als die Folterinstrumente dazu dienten, den Hexen die Teufel auszutreiben und die Scheinheiligkeit der Ketzer und Neuchristen zu entlarven.

»Dieser hier ist der intelligenteste und grausamste von allen. Selbstverständlich von der Artillerie. Daher hat er die langsame, sukzessive und sichere Öffnung vorgeschlagen, er wusste, dass alles zu Ende war. Er gehört zur alten Schule, er hätte sich bei dem Brasilianischen Expeditionskorps melden können, hat er aber nicht; er hat nie eine Schlacht geschlagen, war nie in einem Krieg. Bis heute weiß man nicht, ob er sich nicht gemeldet hat, weil er mit den Nazis sympathisierte oder weil die Amerikaner ihn aus genau diesem Grund daran hinderten.«

Der entlassene General klappt den Almanach zu. Es reicht. Es war mehr als genug, um zu verstehen.

## Die Erpresser

Ja, er war es. Obwohl er ihn nur ein einziges Mal im Dunkeln gesehen hatte, erkannte K. diese Züge, dieses ovale aufgedunsene Gesicht, den dichten Schnurrbart, die breite Stirn. Ein Feldwebel. Er hat sich in jener Nacht als General ausgegeben und ist nur ein Unteroffizier. Er erinnerte sich noch, wie sie ihn auf dem Rücksitz des Wagens eingekeilt hatten, der falsche General hatte sich auf der einen und der Dünne, der aussah wie ein Verbrecher, auf der anderen Seite an ihn gedrängt.

Wieso erschien der Dünne nicht bei der Gerichtsverhandlung?

Der falsche General hatte behauptet, seine Tochter ausfindig gemacht zu haben. Er würde ihm einen Brief, den sie geschrieben hatte, mitbringen und dafür wollte er Geld. Sie haben eine Farce aufgezogen. Jetzt stand der Betrüger vor Gericht. Nicht er, K., hat das Verfahren angestrengt, er will sich nicht rächen, nur wissen, was geschehen ist: der falsche General wird von den Militärs selbst vor Gericht gestellt.

K. hatte gar nichts von der Existenz eines Militärtribunals gewusst. Als er die Vorladung bekam, mit dem Siegel und der Unterschrift eines Heeresgenerals, schöpfte er Hoffnung. Schließlich war er von hohen Militärs herbestellt worden, damit das Verschwinden seiner Tochter aufgeklärt wurde.

Ein Oberst, so steht es vor ihm auf dem Schild, mit Name und Dienstgrad versehen, hat den Vorsitz, flankiert von einem zweiten Oberst und einem Zivilisten, der einen Richtertalar trägt. Der Angeklagte sitzt unten in dem kleinen, menschenleeren Gerichtssaal, seitlich von dem hohen Richterpult.

Manchmal denkt K., dass so etwas früher oder später hatte passieren müssen. Irgendwann musste ein widerwärtiger Abzocker auftauchen und Informationen gegen Geld anbieten. Vielleicht sogar mit dem Versprechen, seine Tochter zu retten, wenn es denn viel Geld wäre. War es nicht so in Polen gewesen, als die Parteigenossen Geld gesammelt hatten, um ihn aus dem Gefängnis herauszuholen?

Wenn die Repression in Polen auch hart war, so wurde ein Gefangener doch registriert und seine Familie benachrichtigt. Danach kam es zu einer Verhandlung. Es gab Anklage und Verteidigung, Gefängnisbesuche. Dort verschwanden Gefangene nicht einfach so.

Manchmal sah er in den Polizisten und Militärs die Menschen, gute oder schlechte, einige konnten sogar helfen, denn sie hatten Mitgefühl, andere waren Erpresser, und unter diesen gab es solche, die ihre Versprechen hielten und solche, die ihre Opfer aussaugten; letztgenannte sind sozusagen Unmenschen, es sind Kranke, wie dieser betrügerische Feldwebel; aber man musste es riskieren und er hatte es riskiert.

Ein andermal bereute er es, daran geglaubt zu haben, dass man gegen Geld die Mauer des Schweigens einreißen könnte, die man um den Menschen verschlingenden Strudel errichtet hatte, was noch nicht einmal den höchsten Persönlichkeiten gelungen war. Er konnte nicht wissen, dass vierzig Jahre später diese Mauer immer noch stehen würde, intakt. Aber er wusste bereits, dass alles sehr undurchsichtig war, sodass niemand etwas in Erfahrung bringen konnte. Wie hatte er nur so blauäugig sein können?, fragte er sich in diesen anderen Momenten.

Die Aussagen werden zu Protokoll genommen. Er erzählt, wie alles passiert ist. Er verschweigt lediglich, dass er über diesen Praktikanten aus der Anwaltskanzlei Kontakt zu dem Pseudogeneral bekommen hatte. Im entscheidenden Moment hatte der Praktikant ihn allein an der dunklen Straßenecke der Alameda Barão de Limeira zurückgelassen, ihn den von ihm eigens vermittelten Erpressern ausgeliefert.

Wie hätte er allein die Situation richtig einschätzen können? Natürlich war er misstrauisch gewesen. Als Beweis dafür, dass seine Tochter noch am Leben war, hatte er darauf bestanden, dass sie den Brief mit dem Kosenamen unterschrieb, den nur er zu verwenden pflegte. Die Verbrecher konnten ihn nicht kennen und erfanden etwas Falsches.

Was K. nicht verstand, war, dass er sich trotzdem zu dem vorbestimmten Ort begeben hatte. Manchmal denkt er, es war, um sich zu streiten. Und wenn sie in der Tat seine Tochter ausfindig gemacht hatten, das Schreiben aber aus irgendwelchen unvorhersehbaren Gründen nicht mitbringen konnten? Ja, das waren wohl seine Gedanken an jener dunklen Straßenecke gewesen. Ein Funken Hoffnung. Die Hoffnung hat ihm ein Schnippchen geschlagen.

Die Geschichte wurde in den Zeitungen veröffentlicht. Nicht auf Initiative von K. hin, der sich schämte, hinters Licht geführt worden zu sein.

Er hatte sie bei dem Treffen der Familienangehörigen der Verschwundenen erzählt, um sie zu warnen, damit sie nicht auch bestohlen wurden. Ein Journalist erfuhr davon und machte sie publik. Die Militärs inszenierten den Prozess, um zu beweisen, dass seine Tochter nie verhaftet worden war. Der falsche General stand nicht vor Gericht, weil er erpresserisch gehandelt hatte, sondern weil er die Streitkräfte in ein schlechtes Licht gerückt hatte. Das war K. klar.

Die Aussagen setzen sich fort. Jetzt befragen sie den Feldwebel. Er stammelt ein paar Worte der Reue, gibt zu, nie gesehen zu haben, dass man die Frau festhielt und auch weiter nichts zu wissen, alles sei von A bis Z erfunden. Seinen Komplizen, den Dünnen, erwähnte er nicht.

K. interessiert das Schicksal des Betrügers nicht. Das alles gehört zur Vergangenheit. Aus und vorbei. Er ist hergekommen, um anlässlich dieses offiziellen Kontakts mit der Justiz, dem ersten und einzigen, nach seiner Tochter zu fragen. Schließlich war ihr Verschwinden der Grund für all dies. Deshalb hatte er darauf bestanden, dass der junge Anwalt ihn zu dem Militärtribunal begleitete. Der würde es verstehen, im richtigen Augenblick Aufklärung über das Verschwinden der Tochter zu verlangen. Aber der Anwaltspraktikant versagte ein zweites Mal. Er erschien nicht.

K. erinnert sich erneut an das Schweigen des berühmten Anwalts, den er hinzugezogen hatte, um das Recht auf Habeas Corpus geltend zu machen, als sein Praktikant, ein Neuling, sich eifrig in das Gespräch gemischt und die Möglichkeit eines Kontakts zu »Leuten, die zum Kern des Systems gehören« erwähnt hatte. Es sei eine Frage des Geldes, sagte der Praktikant und senkte die Stimme, das habe überhaupt nichts mit dem Habeas-Corpus-Gesuch zu tun, es sei ein weiterer Versuch.

K. hätte die Zurückhaltung des berühmten Anwalts als Warnung interpretieren sollen: Vorsicht, dieser Junge ist naiv, hat gute Absichten, ist aber naiv. Das war sein erster Fehler gewesen. Er hatte die Haltung des berühmten Anwalts nicht verstanden. Dieser war in der Tat ein integrer Mann, das merkte man an der Unerschrockenheit, mit der er all die politisch Verfolgten verteidigte, als ginge es bei dem Verfahren um Menschlichkeit.

Doch wie das Angebot des Praktikanten ablehnen, wenn sogar dieser großartige Rechtsanwalt ihm bedauernd mitgeteilt hatte, dass das Habeas Corpus mit Sicherheit abgelehnt würde, denn die Militärs hatten die

Gewährung solcher Gesuche im Fall politisch motivierter Verhaftungen verboten. Wir erleben ein Paradoxon – erinnert er sich an die Worte des großen Anwalts –, sie geben zu, dass sie politische Gründe haben, jemanden zu verhaften, bestätigen aber nicht, dass sie ihn verhaftet haben.

K. verfolgt nun desinteressiert die Verlesung der Anklageschrift des Militäranklägers. Er denkt über die Folgen der Gelderpressung nach. Die wichtigste davon war nicht das verlorene Geld, was bedeuteten schon dreißigtausend im Vergleich zu dem Leben seiner Tochter? Der Wert eines Wagens gegen den unendlichen Wert eines Menschenlebens. Auch nicht das Eingeständnis, getäuscht worden oder im entscheidenden Augenblick, als er bereits wusste, dass alles nur eine Farce war, schwach geworden zu sein.

Nein, das Schlimmste kam später, als eine neue Gelegenheit auftauchte, als dieser Rabbi ihn an einen Typen mit deutschem Namen verwies, der in Rio lebte und schon eine junge Frau freibekommen hatte. Eine Jüdin. Er kannte die Familie der jungen Frau und ließ sich das bestätigen; es entsprach der Wahrheit. Das Mädchen war schon im Ausland. Der einzige verbriefte Fall.

K. vereinbarte am Telefon einen Termin und fuhr mit dem Nachtbus nach Rio. Der etwa vierzigjährige Mann, in einen eleganten Leinenanzug gekleidet, bat ihn noch nicht einmal herein. Auf dem Bürgersteig der Avenida Copacabana teilte er ihm mit, dass der Kommissar, der für das alles zuständig war, ihm einen großen Gefallen schulde. Dass er einmal einen »Schinken« für den Kommissar in seinem Kofferraum transportiert habe. Eine Leiche, wiederholte er, als er merkte, dass K. nicht verstanden hatte, worum es ging. Er habe dem Kommissar aus der Patsche geholfen. Er könne die Tochter freibekommen, vorausgesetzt, sie lebe noch. Aber es würde teuer werden. Sehr teuer. Haben Sie eine Immobilie?, fragte er. Dann verkaufen Sie sie. Es wird ungefähr so viel kosten wie ein Einfamilienhaus.

K. konnte es nicht glauben. Er verfolgte die Sache nicht weiter. Vielleicht, weil schon so viel Zeit vergangen war. Oder weil er bereits ein erstes Mal getäuscht worden war und vermeiden wollte, dass es ein zweites Mal passierte. Das war die wichtigste Auswirkung der Erpressung. Hätte er sich nicht zum Narren machen lassen, wäre er vielleicht mit diesem Typen mit dem deutschen Namen ins Geschäft gekommen. Er wäre das Risiko eingegangen.

Höchstwahrscheinlich wäre nichts dabei herausgekommen, höchstwahrscheinlich war seine Tochter damals bereits tot, wie heute alle behaupten. Aber K. hätte nicht mit dem bitteren Gefühl leben müssen, nicht alles getan zu haben, was er hätte tun können, um seine Tochter zu retten. All das war die Schuld dieses Schufts, der dort vor ihm saß. Doch K. hasst ihn dafür nicht. Er empfindet Abscheu, das schon. Die Verachtung gegenüber jenen, die sich das Unglück der anderen zunutze machen und neues Unglück hinzufügen.

Der Vorsitzende Richter schlägt mit einem Hämmerchen auf den Tisch. Er verliest das Urteil. Dem Angeklagten, Feldwebel Valério, wird der Dienstgrad aberkannt und er bekommt eine Freiheitsstrafe von einem Jahr. Anschließend wird er aus der Armee entlassen wegen Verleumdung der Streitkräfte durch die in verbrecherischer Absicht verbreitete Falschinformation, in militärischen Einrichtungen seien Zivilisten als Gefangene festgehalten worden.

»Und was ist mit meiner Tochter?«, fragt K. nach der Urteilsverkündung, indem er aufspringt. »Wo ist meine Tochter?«, wiederholt er schreiend.

Der vorsitzführende Oberst sieht ihn drohend an. Er schlägt erneut mit dem Hammer auf den Tisch und verkündet, die Sitzung sei damit geschlossen. Mit lauter Stimme fügt er hinzu: »Man nehme ins Protokoll auf, dass in Übereinstimmung mit dem Geständnis des Beschuldigten keine Zivilperson jemals in einer militärischen Einrichtung festgehalten wurde, der Beschuldigte hat alles nur vorgetäuscht.«

»Was ist mit meiner Tochter?«, stammelt K. nun und schaut auf der Suche nach einer Antwort, einer Zustimmung in Richtung der leeren Zuschauerbänke..

Die drei Richter erheben sich gleichzeitig, abrupt. Zwei hünenhafte Soldaten mit Helm und der Armbinde der Heerespolizei führen den Verurteilten durch eine Seitentür ab. Zwei andere, ebenfalls groß und kräftig, nähern sich K. und zeigen ihm die Ausgangstür. Genötigt durch die zwei Soldaten, die sich bedrohlich links und rechts von ihm postieren, verlässt K. langsam den Raum.

## Die Sitzung des Institutsrats

An dem langen, schweren Mahagonitisch mit den kunstvoll geschnitzten Kanten, wie es sich für das Mobiliar einer Universität gehört, nehmen acht ehrwürdige Professoren des Instituts für Chemie Platz sowie Fachbereichsleiter, renommierte Wissenschaftler, zu denen auch Ivo Jordan, Spezialist für die Kernspaltung des Uranisotops zählt; Newton Bernardes, ein Fachmann auf dem Gebiet der Materialkunde und Metry Bacila, Vorreiter in der Meeresbiologie. Das Institut für Chemie genießt als wissenschaftliche Einrichtung einen hervorragenden Ruf, was auf den Einfluss der Deutschen Heinrich Hauptmann und Heinrich Rheinboldt zurückzuführen ist, der beiden Vordenker auf dem Gebiet der chemischen Wissenschaft in Brasilien, wohin es sie auf der Flucht vor den Nazis verschlagen hat.

Zu dem Zeitpunkt, als diese Sitzung abgehalten wird, ist das Institut erst fünf Jahre alt. Giuseppe Cilento, der für die Koordination des Gründungsakts zuständig war und einzelne Fachbereiche und Forschungseinrichtungen aus verschiedenen Einheiten der Universität São Paulo zusammengeführt hat, ist ebenfalls anwesend. Aufgebaut mit Geldern der Ford Foundation, nimmt der beeindruckende Chemie-Komplex, wie das Institut üblicherweise genannt wird, den gesamten östlichen Hügel des Campus ein.

Dies ist die 46. der allmonatlichen Sitzungen des Institutsrats, des obersten Organs der Einrichtung. Es ist der 23. Oktober 1975. Neunzehn Monate sind seit dem Verschwinden der Tochter von K. vergangen, die als Assistenzprofessorin an der Universität lehrt. Ein Punkt auf der Tagesordnung ist der vom Rektorat übermittelte Vorgang Nr. 174899/74, der Antrag auf Kündigung ihres Dienstverhältnisses »wegen Nicht-Erscheinens am Arbeitsplatz«, in Übereinstimmung mit Artikel 254, Abschnitt IV der Dienstvorschrift. Ein weiterer Punkt auf der Tagesordnung ist der Vorschlag für die erneute Berufung des pensionierten Professors Henrique Tastaldi, der zufällig zu den drei Mitgliedern des Verfahrensausschusses gehört, der die Entlassung der Assistentin beantragt hat.

Der gegenwärtige Bericht wurde auf Basis des Sitzungsprotokolls erstellt, das in den unten zitierten Abschnitten wiedergegeben wird. Viele

Jahre später sollte der Rektor öffentlich eingestehen, dass die Entlassung der Dozentin zu Unrecht erfolgt war. Doch nie wurde auch nur einer der Beteiligten gerügt, nie wurden die Schulden gegenüber der Familie beglichen. Keiner der Teilnehmer an dieser Institutsratssitzung brachte jemals eine Entschuldigung vor.

Den Vorsitz führte der Institutsleiter, Prof. Ernesto Giesbrecht, der Patriarch der chemischen Forschung in Brasilien, Mitglied der Brasilianischen Akademie der Wissenschaften, Träger des Brasilianischen Verdienstordens für Wissenschaft, Schüler und Doktorand von Rheinboldt. Giesbrecht ist inzwischen verstorben. Die Gedanken, die ihm während der Sitzung durch den Kopf gegangen sind, kennen wir nicht, wir können nur Vermutungen anstellen.

*Diese Sitzung wird nicht leicht werden, ich hoffe, dass sie bald zu Ende ist. Schließlich haben wir es mit einem Ultimatum zu tun. Wenn der Heinrich noch am Leben wäre, würde er es nicht glauben. Er, der wegen der jüdischen Familie seiner Frau Deutschland verlassen hat. Ich bin sicher, er würde genau so handeln wie ich; er war schließlich derjenige, der den Fachbereich Chemie aufgebaut hat und würde bestimmt nicht mit ansehen wollen, wie alles zerstört wird wegen einer Person, und dann auch noch wegen einer gewöhnlichen Dozentin, die geradedemal einen Doktortitel hat. Wenn es eine Lehrstuhlinhaberin, eine Professorin, gewesen wäre, aber eine promovierte Assistentin …. Chemie ist gleich Führung, wir müssen unseren Führungsanspruch aufrechterhalten. Gott sei Dank erfolgt die Abstimmung geheim, niemand muss Farbe bekennen, keiner wird erfahren, wer für die Entlassung war. Ich hoffe nur, dass alles klappt.*

Was er tatsächlich gesagt hat, ist im Protokoll vermerkt:

Ich freue mich außerordentlich, zum ersten Mal Prof. Dr. Gottlieb als Mitglied des Institutsrats begrüßen zu dürfen. Er ist vor kurzem als Lehrstuhlinhaber im Bereich Chemische Grundlagen bestätigt worden und es ist eine Ehre für dieses Kollegium, ihn zu seinen Mitarbeitern zählen zu dürfen. Das Protokoll der 44. Sitzung wurde einstimmig angenommen. Wir fahren nun mit der Tagesordnung fort. Der erste Punkt ist die erneute Berufung von Prof. emer. Henrique Tastaldi, bereits pensioniert.

Prof. Francisco Jerônimo Sales Lara von der Philosophischen Fakultät überlegt, ob er sich zu Wort melden soll. Vorerst denkt er nach. Stellen wir uns vor, dass ihm folgendes durch den Kopf geht:

*Dieser Tastaldi ist doch ein gerissener Hund; jetzt wird er sein Ruhestandsgehalt mit dem eines Lehrstuhlinhabers aufbessern können. Sie stimmen für die Zweitberufung, und er unterstützt im Gegenzug das Votum des Verfahrensausschusses. Das ist die Belohnung dafür, dass er mit dem Repressionsapparat unter einer Decke steckt. In der Philosophischen Fakultät hätte so etwas nie passieren können. Die ganze Welt weiß, dass diese Dozentin von den Sicherheitskräften verhaftet wurde. Der Vater war hier, in der Zeitung war eine Anzeige, eine Reportage, die Liste des Kardinals mit den Namen der zweiundzwanzig Verschwundenen. Mein Gott, wo bin ich bloß gelandet. Was für ein erzreaktionäres Nest und was für Leute ohne Rückgrat, und dabei handelt es sich überwiegend um Juden, die vor den Nazis geflohen sind, oder um ihre jeweiligen Doktoranden.*

Nun bittet Sales Lara um das Wort. Gezielt wählt er jede einzelne Formulierung. Im Protokoll ist vermerkt:

Ohne Zweifel ist Prof. Tastaldi eine historische Persönlichkeit, die einen großen Beitrag zur Entwicklung der Biochemie in unserem Land geleistet hat. Darüber hinaus besitzt er persönliche Eigenschaften, die dazu führen, dass er von allen geschätzt und gemocht wird. Nichtsdestotrotz bin ich der Auffassung, dass eine Zweitberufung an das Institut für Chemie nicht opportun ist. Ich bin gegen die wiederholte Berufung von Professoren, die sich bereits im Ruhestand befinden. Meiner Meinung nach wäre das nur gerechtfertigt, wenn es einen absoluten Engpass bei einer Stellenbesetzung gäbe, was gegenwärtig nicht der Fall ist. Es gibt viele qualizierte Wissenschaftler mit Doktorgrad sowie Post-Doktoranden sowohl im Inland wie im Ausland, die sich für die Stellen, die wir anbieten, interessieren. Es ist unsere Pflicht, diesen Menschen die Möglichkeit zu bieten, eine akademische Laufbahn einzuschlagen.

Der prominente Professor Metry Bacila bittet um das Wort. Im Protokoll ist vermerkt:

Ich komme nicht umhin, den außerordentlichen Beitrag zu unterstreichen, den Prof. Tastaldi während eines langen Arbeitslebens in der Forschung und Lehre sowie der Vorbereitung zukünftiger Dozenten an der Universität

São Paulo geleistet hat. Auf der anderen Seite sollte auch die Begeisterung erwähnt werden, mit der Prof. Tastaldi die Universitätsreform vorangetrieben hat, zu der er mit seiner Weitsicht als illustrer Professor beigetragen hat, dank eines akademischen Geistes, der selbst an der Universität eine Seltenheit ist ... Die Institution sollte sich glücklich schätzen, ihn zu ihrem Lehrkörper zählen zu dürfen ...

Prof. Dr. Giuseppe Cilento meldet sich zu Wort. Im Protokoll ist vermerkt:

Ich möchte ebenfalls die Gelegenheit nutzen, um meine Dankbarkeit zum Ausdruck zu bringen für die hilfreiche Unterstützung Prof. Tastaldis im Verlauf meines gesamten Mandats als Fachbereichsleiter.

Professor José Ferreira Fernandes bittet um das Wort:

Vor wenigen Tagen haben wir alle die Tatsache beklagt, dass Dr. Lúcio Penna de Carvalho in den Ruhestand versetzt wurde, aber es war stets die Politik des Instituts, ausgeschiedene Professoren nicht erneut zu berufen.

Nach der geheimen Abstimmung über den Vorschlag des Fachbereichs Biochemie und der Stimmenauszählung durch die Professoren Gilberto Rubens Biancalana und Yukio Miyata steht das Ergebnis fest: zwölf Stimmen dafür, drei dagegen. Somit ist der Vorschlag durch eine Zweidrittelmehrheit der Institutsratsmitglieder angenommen:

Kommen wir nun zum nächsten Tagesordnungspunkt, dem Vorschlag zur Kündigung des Dienstverhältnisses der Dozentin. Ich kläre das Plenum darüber auf, dass die Dozentin seit dem 23. April 1974 nicht mehr im Institut erschienen ist. Die zuständigen Organe des Rektorats sind über den Vorfall unterrichtet worden. Nach Klärung der Vorgehensweise in besagtem Fall und unter Berücksichtigung der gesetzlichen Bestimmungen erhielten wir Anweisung, ein Verwaltungsverfahren einzuleiten. Der Verfahrensausschuss bestand aus dem Juristen Dr. Cássio Raposo do Amaral als beratendem Mitglied der Rechtsabteilung sowie den Professoren Dr. Henrique Tastaldi und Dr. Geraldo Vicentini und hat die Dispensierung der Dozentin wegen Vernachlässigung ihrer Dienstpflicht vorgeschlagen, was im Einvernehmen mit den gültigen Vorschriften von diesem Rat per Abstimmung beschlossen werden muss.

Giesbrecht rutscht auf dem Stuhl hin und her, als suche er eine bequemere Stellung; versuchen wir uns weiterhin vorzustellen, welche Gedanken ihm in diesem Moment durch den Kopf gegangen sein mögen:

*Verdammt unangenehm, diese Sitzung. Ich habe zwar keine große Sympathie für diese Frau empfunden und sie war auch nicht brillant, doch seriös war sie schon, ein Arbeitstier; die Untersuchungen über das Molybdän im Rahmen ihrer Dissertation waren alles andere als leicht, aber sie hat es geschafft. Doch was bleibt uns anderes übrig? Es heißt, der Anruf vom Rektorat habe keine Zweifel gelassen. Ihr habt bis zum Wochenende Zeit, um die Dienstvorschrift zu erfüllen und die Kündigung auszusprechen. Dieses Ultimatum hat sogar auf sich warten lassen. Ich weiß, es gab eine Zeitungsnachricht, man habe dafür gesorgt, dass sie verschwindet, aber dafür gibt es keine Beweise. Das ist ja klar, wenn man sie verschwinden lässt, dann muss man es abstreiten. Doch wer weiß, auf was sie sich eingelassen hat. Die Dienstvorschrift ist klar und eindeutig. Und außerdem kann ich als Institutsleiter, wenn ich sie nicht entlasse, der Pflichtverletzung bezichtigt werden. Wenn man mir nicht gar Schlimmeres zur Last legt, Komplizenschaft mit subversiven Elementen oder Ähnliches. Unsere Pflicht als Wissenschaftler besteht stets darin, die Institution zu schützen. Keinerlei Veranlassung für eine Intervention oder Amtsenthebung schaffen. Dieses Mädchen hatte schließlich nicht das Recht, eine so wichtige Institution wie die unsere in Gefahr zu bringen.*

Am anderen Tischende versucht ein weiterer Gründervater des Fachbereichs, Prof. Gottlieb, der älteste von allen, herauszufinden, was seinen Kollegen und akademischen Rivalen durch den Kopf geht. Gottlieb ist Jude und hat die Tschechoslowakei verlassen, als sie von den Deutschen besetzt wurde. In Brasilien hat er verschiedene Labors zur Erforschung von Naturprodukten aufgebaut. Möglicherweise denkt er Folgendes:

*Ich weiß, dass die Rechtsabteilung dem Institutsleiter das Messer auf die Brust gesetzt hat: bis zum Ende der Woche muss die Sache mit der Entlassung der Dozentin über die Bühne sein. Mir war dieses Mädchen durchaus sympathisch. Sie hat hart gearbeitet. Und war weitaus gebildeter als die anderen. Eines Tages bin ich ihr begegnet, als sie* Der Zauberberg *las. Ihr Gesichtsausdruck, stets etwas leidend, erinnerte mich immer an meine Cousine Esther, die sich nie an das Exil gewöhnen konnte. Dieser Giesbrecht ist ein Widerling, er hat einen schlechten Charakter, und ausgerechnet der hat bei*

*Heinrich studiert, er hätte, als der Anruf kam, einfach den Hörer aufknallen sollen; wo gibt's denn so etwas, anstatt die Rechtsabteilung einzuschalten, das Prestige der Universität auf die Waagschale zu werfen, um die Behörden zu zwingen, Informationen preiszugeben und offenzulegen, was ihr zur Last gelegt wird, tun sie das Gegenteil, sie entlassen sie, als hätte sie ihre Pflicht vernachlässigt und nicht, als habe man sie entführt. Mit anderen Worten: sie tragen dazu bei, die Entführung zu vertuschen. Schämen muss man sich. Das Problem ist, dass er eben der Chef ist und es sehr schwer ist, ihm Paroli zu bieten ... diesem Schwein.*

Der Vertreter der Juniorprofessoren, Gilberto Rubens Biancalana, ist zu spät zu der Sitzung erschienen und würde gern etwas sagen. Er bittet jedoch nicht um das Wort, vielleicht aus Angst. Vielleicht geht ihm folgendes durch den Kopf:

*Unter den Kollegen ist Panik ausgebrochen, als ich vorschlug, ein Treffen zu organisieren, damit wir unsere Position diskutieren. Jetzt muss ich allein entscheiden, wie ich abstimme. Ich werde nicht meine gesamte Karriere aufs Spiel setzen wegen einer Dozentin, die ich nicht einmal gut kenne und die sich zu weit aus dem Fenster gelehnt hat. Wenn Giesbrecht und Gottlieb etwas anderes vorschlagen, eine Vertagung, eine andere Lösung, dann ziehe ich mit, aber so allein ... Oder dieser Newton Bernardes, der von der Physik kommt. Er hat bereits seine Habilitation abgeschlossen, bekleidet stets wichtige Ämter ... Er hat einen Namen, genießt Prestige.*

Miriam, Vertreterin der pädagogischen Hilfskräfte, sagt nichts. Sie hält große Stücke auf die Dozentin, eine der engagiertesten und arbeitsfreudigsten, aber sie hat Angst:

*Sehr traurig, was da passiert ist. Schrecklich. Ich verstehe nicht, wieso diese Großmäuler die ganze Zeit über geschwiegen haben. Das war der Fehler. Wenn sie gleich nach ihrem Verschwinden den Mund aufgemacht hätten, hätte es vielleicht andersherum laufen können, das Institut wäre an das Rektorat herangetreten und hätte verlangt, dass sie diese Verbrecher des DOI-CODI, die sich dort installiert haben, rauswerfen, und es wäre nicht dazu gekommen, dass die Rechtsabteilung Druck auf den Fachbereich ausübt. Dieses ganze Gesülze über das Verfahren, über die zusammengetragenen Beweise, die Mitteilung von Minister Falcão, die sie für bare Münze halten. Und ich sitze hier ohne Rückendeckung, bin gezwungen, bei diesem Affentheater mitzumachen. Ich hätte fehlen sollen, eine Entschuldigung erfinden und einfach nicht erscheinen. Warum stehen nicht alle auf und sagen nein? Das ist Vorsatz, die Frau wird entführt und dann auch noch angeklagt, nicht zum Dienst zu kommen.*

Prof. Luiz Roberto Pitombo schweigt. Vielleicht aufgrund kühler Überlegungen wie dieser:

*Ich weiß nicht, in was dieses Mädchen verwickelt war. Sie hat sich mir gegenüber nie geöffnet, und ich habe es vermieden, jemals nachzufragen. Ich vermute, es geht um etwas Schwerwiegendes, unnützer linker Aktionismus, nicht die Spur von Strategie. Trotzdem müssen wir uns natürlich solidarisch verhalten und das Repressionssystem anprangern. Das Problem ist die Situation, in der sich dieses Gremium und dieses Institut befinden. Es macht keinen Sinn, sich wegen eines Einzelfalls die Finger zu verbrennen. Unser Kampf ist weiter gefasst, er ist von strategischer Bedeutung. Es war ein Fehler und ist bedauerlich. Doch bedenkt man das gegenwärtige Kräfteverhältnis, kann eine einzelne Stimme gar nichts ausrichten und außerdem wird sie unserer Sache schaden.*

Prof. Giesbrecht klärt Prof. Pitombo auf, dass der Verfahrensausschuss seinen Entschluss unter Zugrundelegung der zusammengetragenen Beweise getroffen hat, wie es in dem Gutachten vermerkt ist, und der Erklärung von Minister Armando Falcão, dass nämlich von einer Verhaftung der Dozentin nichts bekannt sei, ein größeres Gewicht beigemessen hat.

Es folgt die geheime Abstimmung über das Gutachten, dessen Gegenstand die Entlassung der Dozentin ist. Es ist mit dreizehn Stimmen dafür und zwei ungültigen Stimmen angenommen und das Ergebnis wird an das akademische Oberhaupt der Universität, Magnifizenz Rolando Marques de Paiva, weitergeleitet. Zwei Tage später wird die Entlassung der Dozentin im Amtsblatt öffentlich bekanntgegeben, ein Rechtsakt des Gouverneurs des Bundesstaats São Paulo, Paulo Egidio Martins, noch einer in der Reihe derer, die sich nie entschuldigt haben.

## Die Straßennamen

Das erschlossene Bauland lag weit außerhalb, es handelte sich um billige Grundstücke, die dazu dienten, den Eigenbau anzukurbeln und somit zur Wertsteigerung der Grundstücke des gleichen Besitzers, die näher am Stadtzentrum lagen, beizutragen, sobald die Anwohner über Wasser- und Stromanschlüsse sowie Anbindung an den öffentlichen Nahverkehr verfügten. Laut Gesetzentwurf eines linken Stadtverordneten sollte an diesem Ort jede Straße den Namen eines verschwundenen Regimegegners erhalten. 47 Straßen, 47 verschwundene Regimegegner.

Der Stadtverordnete persönlich rammte Stäbe zur Markierung der Hauptstraßen und Kreuzungen in den Boden, denn die Straßenführung war noch nicht eindeutig sichtbar, und befestigte dort die bläulichen Schilder mit den Namen der verschwundenen Widerstandskämpfer. Nur die Namen, ohne Angabe des Geburts- und natürlich auch nicht des Todesdatums.

Die Familienangehörigen, nicht mehr als fünfzehn, die meisten aus São Paulo, hatten sich zunächst vor dem Hotel Glória versammelt. Von dort aus waren sie mit einem Minibus in das jenseits der Brücke Rio-Niterói liegende Baugebiet gefahren. Es war eine lange Fahrt. Obwohl er erschöpft und all dessen überdrüssig war, auch des Lebens selbst, hatte K. beschlossen, an der Gedenkveranstaltung für seine Tochter und seinen Schwiegersohn teilzunehmen.

Zu Beginn gab es eine kleine Zeremonie. Der Stadtverordnete hielt eine Rede und pries diejenigen, die gegen die Diktatur gekämpft hatten, und er sprach vom Beginn einer Neuordnung der Werte. Die Erinnerung an diejenigen, die im politischen Kampf verschwunden waren, mittels der Straßenschilder wachzuhalten, hatte die Funktion, die zukünftigen Generationen an die Bedeutung von Demokratie und Menschenrechten zu erinnern. Es war eine schöne Rede, dachte K.; eine Rede und Straßennamen, die versuchten, der Vernichtung so vieler Menschenleben a posteriori einen Sinn zu verleihen.

Im Namen der Familien sprach eine ältere, weißhaarige Dame. K. hatte sich ihren Namen nicht gemerkt, aber ihr Gesicht nie vergessen seit dem Tag, an dem er ihrem bitteren und gleichzeitig zärtlichen Bericht über das Verschwinden ihres Sohnes gelauscht hatte, damals im Bischofspalais, bei dem ersten Treffen der Familienangehörigen. Auch sie fand schöne Worte. Erneut klangen sie bitter und zärtlich zugleich. Alle waren bewegt.

Anschließend teilten sie sich in kleine Gruppen auf, den Plan des Baugeländes in der Hand, und jeder versuchte, das Straßenschild mit dem Namen seines verschwundenen Familienmitglieds zu finden. K. musste lange suchen, bis er die beiden Schilder fand, das seiner Tochter und das seines Schwiegersohns. Als er davorstand, bat er ein anderes Gruppenmitglied, sie zu fotografieren. K. wusste nicht, wie man mit einem Fotoapparat umging.

Es war schon dunkel geworden, als sie zurückfuhren. Hinter ihnen prangte die einzige Leuchtreklame des Ortes, die Bezeichnung des Bauvorhabens in großen roten Lettern auf grünem Hintergrund: »Vila Redentora«, Dorf der Erlösung. K. fühlte sich verhöhnt; obwohl es sich um einen Zufall handelte, hatten doch auch die Militärs ihren Staatsstreich als »Revolução Redentora« bezeichnet. Er versuchte, sich zu beruhigen. Er hielt dagegen, dass das Wichtige das Gedenken an die Verschwundenen aufgrund der Straßennamen war. Es hatte lange gedauert, aber nun war es Realität.

Während der Rückfahrt studierte er von dem Minibus aus die vorbeiziehenden Straßennamen etwas aufmerksamer. Merkwürdig, dass er Straßennamen nie Beachtung geschenkt hatte. Als er in Brasilien angekommen war, voller Neugierde, hatte er alles verstehen wollen. Danach hatte er sich mit den Gegebenheiten abgefunden. Bis das geschah, was geschehen war.

Rua Fernão Dias, steht auf dem Straßenschild. Da, wo er wohnt, in São Paulo, gibt es auch eine Straße mit diesem Namen, man hatte ihm erzählt, das sei ein berühmter Jäger von Indianern und entflohenen Sklaven gewesen. Sie fuhren einige Straßen entlang, deren Namen ihm nichts sagten. Dann tauchte zu K.s Überraschung eine Avenida General Milton Tavares de Souza auf.

Er wusste ganz genau, wer das war: Diesen Namen würde er nie vergessen. Der Sohn des Apothekers hatte ihn erwähnt. Kardinal Dom Paulo Evaristo Arns ebenfalls. Es handelte sich um den Gründer des DOI-Codi, wo sie den Journalisten Vladimir Herzog hingebracht und ermordet hatten. Der General war der Lawrenti Berija dieser Verbrecherbande, der brasilianische Himmler, er pflegte zu sagen, dass, um subversive Elemente umzubringen, jedes Mittel recht sei; und nach ihm sind Straßen benannt. Hauptstraßen. Wie war das nur möglich? Ein niederträchtiger Mensch, »a menuvldiker retseyekh«, fluchte er auf Jiddisch.

Voller Empörung nahm K. nun jedes Straßenschild in Augenschein und regte sich über den Namen des Präsidenten Costa e Silva an der Brücke Rio-Niterói auf. Unglaublich, ein majestätisches Bauwerk wie dieses, fast neun Kilometer lang, trägt den Namen des Generals, der den AI-5, das Ermächtigungsdekret, erlassen hat. In Polen erhielten die Straßen die Namen von Königen und Marschällen, überall liest man Piłsudski und Marszałkowska, doch der war verantwortlich für die Vereinigung Polens, ein Held, kein niederträchtiger Schurke. Man stelle sich einmal vor, in Deutschland würden sie eine Straße nach Joseph Goebbels benennen oder in den Vereinigten Staaten eine nach Al Capone; oder in Litauen würden die Litauer den Henker Murawjow ehren, indem sie einer Straße seinen Namen geben.

Das Problem, überlegte K., entsteht, wenn eine Person für die einen ein Held und für die anderen ein Schurke ist, wie Bohdan Chmelnyzkyj, der die Pogrome in der Ukraine angeführt hat und für die Ukrainer ein Held ist, wahrscheinlich genau aus diesem Grund; es gibt sogar Städte mit seinem Namen. K. war entrüstet. Im Geiste fluchte er immer noch, als sie im Zentrum von Rio de Janeiro die große Avenida Getúlio Vargas erreichten. Der war ein ziviler Staatspräsident. In der ersten Zeit in Brasilien hatte K. sogar Sympathien für ihn – den Vater der Armen – empfunden. Aber er war ein Diktator, und Filinto Müller, seinem Polizeichef, klebte Blut an den Händen. Er hatte viele Menschen gefoltert und ermordet. Es fehlte nur noch eine Straße auf den Namen Filinto Müller. Wer weiß, vielleicht gab es sie bereits irgendwo, dachte K.

Wie war es möglich, dass er nie nachgedacht hatte über diese sonderbare Angewohnheit der Brasilianer, Verbrecher und Folterer und Putschisten zu ehren, als seien sie Helden oder Wohltäter der Menschheit. Er hatte so viel über die Lebensweise der Brasilianer geschrieben, aber das war ihm nicht aufgefallen. In anderen Ländern geschieht heutzutage das Gegenteil. In Warschau haben sie den Namen der traditionellen Ulica Gesia durch Anielewicza ersetzt zum Gedenken an den Helden des Aufstands im Ghetto. Es stimmt, sie haben den Namen dieses Faschisten und Verräters Roman Dmowski an einem runden Platz mit Kreisverkehr beibehalten, aber das wird sich sicher ändern. Die Franzosen, hatte er in der Zeitung gelesen, fangen an, den Straßennamen «Pétain« zu entfernen, nachdem sie entdeckt haben, dass er nach der Okkupation die Genehmigung für die Deportation von sechsundsiebzigtausend Juden einschließlich elftausend Kindern in die Vernichtungslager erteilt hatte. Nur dreitausend hatten überlebt.

Im Bus nach São Paulo beruhigte K. sich ein wenig; die wichtigste Autobahn des Landes heißt Via Dutra, und Dutra war, soviel man weiß, ein demokratischer Präsident, obwohl er auch General und Antisemit war. Er entzog den kommunistischen Abgeordneten das Mandat und erschwerte die Einreise von jüdischen Kriegsflüchtlingen, nicht aber die der Volksdeutschen. Aber er hat weder Menschen umgebracht noch verschwinden lassen, soviel man weiß.

Als sie sich São Paulo näherten, fuhr der Bus unter einer Brücke durch, an der ein Schild mit dem Namen Viaduto General Milton Tavares prangte. Wieder dieser Verbrecher. K. war schon oft unter dieser Brücke durchgefahren, ohne auf den Namen zu achten. Hunderte von Menschen kommen hier Tag für Tag vorbei, Jugendliche, Kinder, und sie lesen diesen Namen auf dem Schild und denken womöglich, das war ein Held. Bestimmt denken sie das. Nun verstand er, wieso man die Straßenschilder mit den Namen der verschwundenen politischen Gegner für dieses abgelegene Gegend vorgesehen hatte.

## Überlebende – eine Reflexion

Obwohl jede Lebensgeschichte einzigartig ist, leidet ein Überlebender bis zu einem gewissen Grad an dem Übel der Melancholie. Deshalb spricht er gegenüber seinen Kindern und Enkeln nicht von den erlittenen Verlusten; er möchte vermeiden, dass sie von diesem Übel heimgesucht werden, noch bevor sie sich ein Leben aufgebaut haben. Auch seinen Freunden gegenüber erwähnt er nicht gern diese Verluste, und wenn sie ihn daran erinnern, empfindet er Unbehagen. K. hat seinen Kindern nie von den zwei Schwestern erzählt, die er in Polen verloren hat, genau wie seine Frau es vermied, den Sprösslingen von dem Verlust ihrer gesamten Familie durch den Holocaust zu erzählen.

Der Überlebende lebt eine Zeitlang ausschließlich in der Gegenwart. Nachdem sein Erstaunen über die Tatsache, überlebt zu haben, abgeklungen ist, die Aufgabe, wieder ein normales Leben zu führen, bewältigt ist, schlagen die Dämonen der Vergangenheit erneut mit unerhörter Wucht zu. Warum habe ich überlebt und sie nicht? Diese späten Störungen, die Jahrzehnte nach den Geschehnissen bei den Überlebenden auftreten, sind ein bekanntes Phänomen.

In dem Film »Sophies Entscheidung« wird eine Polin von einem KZ-Aufseher gezwungen zu entscheiden, welches von ihren beiden Kindern überleben soll: der Junge oder das Mädchen? Falls sie Jüdin sei, habe sie kein Recht auf diese Entscheidung, beide Kinder würden dann im Krematorium landen; da sie Polin ist, erfindet der Aufseher ein neues Spiel: Die Mutter soll die Entscheidung treffen, wenn sie nicht möchte, dass beide Kinder sterben. »Sophies Entscheidung« ist zum Symbol für eine unmögliche Entscheidung geworden, bei der alle Optionen gleichermaßen schmerzlich sind.

Doch die Frage ist, weshalb der deutsche Soldat beschlossen hat, der Mutter die Folter dieser Entscheidung aufzuerlegen, zumal es doch viel einfacher gewesen wäre, die beiden Kinder und die Mutter sofort umzubringen oder selbst zu entscheiden, welches Kind getötet und welches verschont werden sollte. Sadismus? Vielleicht. Aber ein funktionstüchtiger Sadismus, denn der Verbrecher hat durch diesen Mechanismus die

Schuld für den Tod des Kindes der Mutter zugewiesen. Sie war es doch, die die Wahl getroffen hat! Dieses Schuldgefühl nimmt im Verlauf der Jahre die Seele der Mutter immer stärker ein, sodass sie als ältere Frau, die inzwischen in Amerika lebt, Selbstmord begeht, da sie den Druck dieser Schuld, die nie die ihre war, nicht mehr aushält.

Die Schuld. Immer die Schuld. Die Schuld, in einem bestimmten Blick nicht die Angst wahrgenommen zu haben. So und nicht anders gehandelt zu haben. Nicht mehr getan zu haben. Allein die wenigen Gegenstände des elterlichen Nachlasses geerbt zu haben, die Bücher behalten zu haben, die anderen gehörten. Die miserable Entschädigung der Regierung bekommen zu haben, auch ohne sie beantragt zu haben. Im Grunde die Schuld, überlebt zu haben.

Milan Kundera sagt, Kafka habe sich nicht an den totalitären Systemen inspiriert – obwohl das die gängige Interpretation ist –, sondern an seiner Erfahrung in der Familie, der Angst vor dem vernichtenden Urteil seines Vaters. In *Der Prozess* analysiert Josef K. seine Vergangenheit bis ins letzte Detail auf der Suche nach dem verborgenen Fehler, der dazu geführt hat, dass er angeklagt wird. In der Erzählung *Das Urteil* verurteilt der Vater den Sohn zum »Tode des Ertrinkens«. Der Sohn nimmt die fiktive Schuld auf sich, stürzt zum Fluss und lässt sich so widerstandslos hineinfallen wie sich später Josef K. exekutieren lässt in dem Glauben, dass er in der Tat schuldig ist, denn als Schuldiger ist er vom System angeklagt. Wie Sophie, die sich am Ende selber richtet.

Auch die Überlebenden in diesem Land stochern immer in der Vergangenheit herum auf der Suche nach jenem Moment, in dem sie die Tragödie hätten vermeiden können und aus irgendeinem Grund versagt haben. Milan Kundera nennt das Zusammenspiel dieser Mechanismen der Schuldzuweisung, die Kafka beschrieben hat, »familiären Totalitarismus«. Wir könnten von einem »institutionellen Totalitarismus« sprechen.

Denn es ist klar, dass die Aufklärung der Entführungen und Hinrichtungen, der räumlichen und zeitlichen Umstände jedes einzelnen Verbrechens, zum großen Teil mit diesen Grauzonen Schluss machen würde, die uns immer wieder suggerieren, wenn wir anders gehandelt hätten, als wir gehandelt haben, dann hätte die Tragödie abgewendet werden können.

Daher sind auch die Entschädigungen, die den Familien der verschwundenen Widerstandskämpfer gewährt wurden – wenn auch unspektakulär –, schnell ausgezahlt worden, auch ohne Antrag, im Gegenteil, man hat einer Antragstellung vorgegriffen, um jeden Fall so schnell wie möglich begraben zu können. Die Fälle begraben, ohne die Toten zu begraben, ohne Raum zu bieten für eine Ermittlung. Ein subtiles Manöver, das aus jeder Familie einen ungewollten Komplizen eines bestimmten Umgangs mit der Geschichte macht.

Der »institutionelle Totalitarismus« verlangt, dass die Schuld, genährt von dem Zweifel, der Undurchsichtigkeit der Geheimnisse und verstärkt durch die ausgezahlten Entschädigungen, im Inneren eines jeden Überlebenden als persönliches und familiäres Drama verankert bleibt und nicht als die gemeinschaftliche Tragödie gesehen wird, die sie war und ein halbes Jahrhundert später noch immer ist.

## Nachricht für den Companheiro Klemente

Klemente,
ich weiß nicht, ob ich dich noch als Companheiro bezeichnen soll, nachdem du der Pariser Gruppe erzählt hast, dass es die Organisation nicht mehr gibt. Ich könnte deine Aussage als Trick interpretieren, um den Repressionsapparat an der Nase herumzuführen. Doch wir haben erfahren, dass du dich gleichzeitig der Kommunistischen Partei zugewandt hast.

Du musst wissen, dass die Organisation in den Augen der Repression nicht tot ist. Sie jagen uns noch immer. In der vergangenen Woche sind fünf Companheiros aus unterschiedlichen Organisationen – einschließlich unseres Yuri – nach ihrer Gefangennahme verschwunden. Alle, die ins Netz gehen, verschwinden mittlerweile, ohne eine einzige Spur zu hinterlassen. In diesem Jahr sind es bereits dreiundvierzig, abgesehen von den Fällen, die uns nicht bekannt sind.

Es ist allerhöchste Zeit, das Ganze zu überdenken. Hat der Alte nicht immer gesagt, dass es nicht ausreicht zu wissen, wer der Feind ist, man muss auch seine Ziele kennen? Seit der Entführung von Elbrick nur noch Verluste und nicht das geringste Anzeichen einer kritischen Auseinandersetzung mit der Situation, einer klaren Zielsetzung. Dutzende junger Companheiros sind gefallen. Gleichzeitig, anstatt strenger auf die Sicherheit zu achten, verstehen wir uns als Bollwerk, sind nachlässig geworden, einen Treffpunkt per Telefon zu vereinbaren, das ist doch absurd.

Wir hatten schon seit längerem vermutet, die Diktatur habe beschlossen, keine Gefangenen mehr zu machen. Wir hätten das analysieren müssen; Selbstkritik üben müssen, erkennen, dass wir isoliert waren. Vielleicht wäre es noch gelungen, das Leben vieler Menschen zu erhalten. Stattdessen haben wir beschlossen, bis zum bitteren Ende zu kämpfen, auch wenn es zu nichts führte. Hier hat das Krankhafte begonnen. Das Religiöse, das »Hätte ich zehn Leben, würde ich zehn Leben geben«. Im Grunde haben wir uns auf das Spiel der Diktatur, uns alle zu beseitigen, eingelassen. Danach habe ich bei einigen Companheiros einen morbiden Fatalismus festgestellt, es gebe keinen anderen Ausweg als zu sterben wie Che Guevara.

Márcio hat auf das sinnlose Opfern so vieler Menschenleben hingewiesen.

Er sagte, dass wir auf einen kollektiven Selbstmord zusteuern. Erinnerst du dich? Seinetwegen schicke ich dir diese Nachricht. Sein Argument war, dass es keinen Sinn macht, einen Krieg zu führen ohne die Unterstützung zumindest einer sozialen Klasse und ohne politische Aktionen. Er hinterfragte die vermeintliche Fähigkeit der Organisation, eine Gegenoffensive zu starten, nachdem der Alte gefallen war.

In seinem Innern wusste der Alte das bereits längst bevor er fiel, er hat sogar einige Companheiros in die Freiheit entlassen, die, bei denen er eine Chance sah, ein neues Leben zu beginnen. Ihm war das bewusst und er wollte sein Gewissen erleichtern. Gleichzeitig – das ist klar geworden durch die Umstände, unter denen er gefallen ist – hatte er sich bereits auf den Tod vorbereitet.

Ein weiterer Fehler war, nicht zu unterscheiden zwischen Alten und Jungen. Das eine ist ein Commandante, der schon seit fünfzig Jahren kämpft, Siege errungen und Niederlagen erlitten hat, Kinder und Enkel hat; etwas anderes ist ein zwanzigjähriger junger Mann, der sein Leben noch vor sich hat, der von nichts eine Ahnung hat. Der Alte trug diesen Namen nicht von ungefähr. Er hat Fehler gemacht. Nach dem Tod von Mariga hätte er allen die Wahl lassen sollen, die Organisation umgehend zu verlassen. Es waren weder objektive noch subjektive Bedingungen für einen Rückzug ins Landesinnere gegeben. Irgendjemand hätte den Befehl erteilen müssen, das Ganze zu stoppen. Und dieser Jemand war der Alte, und das war der richtige Zeitpunkt.

Was mir heute am meisten zu schaffen macht, ist unser fortschreitender Verlust des Gesamtüberblicks, dass wir das Ganze aus den Augen verloren haben. Und da wir das Ganze nicht gesehen haben, haben wir auch die Beziehungen zwischen den Teilen, die Widersprüche, die Grenzen nicht gesehen. Wir sind blind geworden; vollkommen entfremdet von der Wirklichkeit, verblendet durch den bewaffneten Kampf.

Wie du weißt, war Mariga der große Anführer, derjenige, der die Linie vorgab, aber das Bindeglied war der Alte, er beteiligte sich nicht an den Taktischen Einsatzgruppen, war aber derjenige, der alles zusammenfügte. Nachdem er gefallen war, hatte es überhaupt keinen Sinn mehr weiterzumachen. Wir haben Márcio gebeten, das dem Kommando mitzuteilen. Die Antwort war die Ablehnung unseres Vorschlags, ohne ein Gegenargument, ohne eine neue Orientierungslinie. Bar jeder Verantwortung.

Als der Alte nach Kuba ging, um nach Marigas Tod die Lage mit den Companheiros zu besprechen, wurde klar, dass der bewaffnete Kampf sich erschöpft hatte. Es war die Rede vom Wiederaufbau der politischen Aktion, davon, in die Fabriken zu gehen, das Modell der kubanischen Revolution, das keine Lösung für Brasilien war, abzulehnen. Zaratini hat es in dem Dokument, das an die Landesführung ging, klar dargelegt, viele von uns ebenso. Als Reaktion auf die Brutalität des Repressionsapparats waren die Dissidenten für die Demobilisierung, das Untertauchen, das Sich-in-Luft-auflösen. Aluysio hat ihm das auch in Paris gesagt, es sei an der Zeit, einen Schlussstrich zu ziehen. Viele haben darauf hingewiesen. Aber er beharrte auf seiner Position. Er erfand den Ansatz der taktischen Stadtoffensive, um das Feuer nicht zum Erlöschen zu bringen und gleichzeitig ländliche Stützpunkte für einen langfristigen strategischen Kampf vorzubereiten. Immer die gleichen hochtrabenden Worte, Taktik und Strategie, doch völlig losgelöst von der Realität.

Und er war es auch, der die These des Verrats in Umlauf brachte. Dass es einen Verräter gebe. In Wirklichkeit gab es mehr als einen, wie wir heute wissen. Seine These schien durchaus plausibel, nicht weil es Beweise oder konkrete Fakten gab, sondern aufgrund der wiederholten Niederlagen. Sie wurde zu einer Obsession, einem Ersatz für die Analyse der Wirklichkeit; zu einem Druckmittel gegen diejenigen, die auf einmal unentschlossen waren. Anstatt als Frage der Sicherheit wurde sie als Frage der Ideologie behandelt. Schlimmer noch, als Frage der Moral, so als sei geschnappt werden gleichzusetzen mit Verrat begehen.

Du warst der wichtigste Teilnehmer des Treffens, auf dem beschlossen wurde, Márcio zu liquidieren, weil man annahm, er sei der Verräter. Die letzten Festnahmen beweisen, was wir schon vermutet hatten: Márcio war nicht der Informant. Er wurde hingerichtet, weil er einen Antrag bei der Koordinationszentrale eingereicht hatte, ihn gehen zu lassen. Die Organisation hat in dem Kommuniqué gelogen. Márcio wurde nicht hingerichtet, um die Organisation zu schützen. Er wurde hingerichtet, um ein Zeichen zu setzen: Wer schwankt, wird als Verräter verurteilt. Er hatte keinerlei Verbrechen begangen. Niemanden verraten. Er wurde verurteilt, weil er der Organisation den Rücken kehren wollte. Was erklärt, dass Milton sich dagegen ausgesprochen hat.

Anstatt Márcios Bitte nachzukommen, ihn gehen zu lassen, hast du dich dagegen ausgesprochen und das Einstellen dieses bereits verlorenen

Kampfes damit vereitelt. Wir hätten viele Menschenleben retten können. Das war es, was wir hätten tun müssen. Auch weil Tavares, der den Alten ans Messer geliefert hat, nicht der einzige Informant war. Es gibt mindestens einen weiteren, der versucht, die alten Stützpunkte ausfindig zu machen und uns zu identifizieren.

Sogar in der kapitalistischen Justiz wird nicht zum Tode verurteilt, wenn keine Einstimmigkeit herrscht. Ihr habt ohne Beweisführung verurteilt, ohne den Straftatbestand festzulegen. Ihr habt die Methode der Diktatur verinnerlicht; sogar die Sprache der Polizei; in dem Kommuniqué bezeichnet die Organisation Márcio als »Element.« Danach habt ihr Jaime hingerichtet, obwohl er der Führung alles erzählt hat, was er der Polizei unter Folter gestanden hatte. Hier lautete die Botschaft: Wer plaudert, egal ob unter Folter oder nicht, ist ein Verräter. Als ob es möglich wäre, das Verhalten eines Gefolterten zu beurteilen. Die Sache wurde mit einem Tabu belegt. Ihr habt die ureigenen Terrormethoden der Diktatur übernommen. Danach war die Reihe an Jacques, der auch unter der Folter gesungen und danach die Führung aufgesucht hat, um sie zu warnen. Drei Hinrichtungen. Als ihr im Juni 1973 Jacques exekutiert habt, waren bereits zwei Jahre vergangen seit den Verhaftungen, die unser Ende eingeläutet haben.

Und du gehst nach Paris und erzählst, es gebe die Organisation nicht mehr. Du hast es dir verdammt einfach gemacht. Natürlich gibt es die Organisation nicht mehr. Schon seit drei Jahren nicht mehr. Aber was sollen wir mit den Papieren machen? Alles verbrennen? Wie das alles schützen? Und wie verhindern, dass sie uns umbringen, auch wenn wir auf sämtliche Kontakte verzichten? Selbst um ihre Existenz zu beenden, muss die Organisation existieren, so groß ist die Entschlossenheit des Repressionsapparats, uns alle spurlos verschwinden zu lassen. Wir wissen aus dieser Falle keinen Ausweg mehr.

Dies ist die letzte Nachricht, die ich dir zukommen lasse. Es ist möglich, dass ich und meine Partnerin schon tot sind, wenn du sie erhältst. Wir spüren, dass der Ring sich immer enger zusammenzieht. Versuch nicht, in Erfahrung zu bringen, auf welchem Weg dieses Schreiben zu dir gelangt ist und hebe es nicht auf. Das Beste ist, du zerstörst es, nachdem du es gelesen hast. Ich habe den wenigen Companheiros, die noch übrig sind, eine Kopie mit der gleichen Anweisung gegeben.
Rodriguez

## In Barro Branco

*»Was gelten tausend Tote am Tag?*
*Stirb endlich, beende deinen Kampf in Frieden.«*
H. N. Bialik

K. kennt die Kaserne seit mehr als fünfzig Jahren. Niemals hätte er sich vorstellen können, dass er dort hineingehen und den politischen Gefangenen Zigaretten bringen würde. Zur Zeit seiner Ankunft in Brasilien war es eine kleine Garnison mit Gestüt gewesen. Dort züchtete die Força Pública ihre Polizeipferde, die prächtigen Füchse mit dem rötlichen Fell. Als Straßenhändler fuhr K. fast täglich mit seinem Pferdekarren die ungepflasterte Straße entlang, die gegenüber der Garnison an der Koppel vorbeiführte. Er hatte einige der Soldaten und den Kommandanten, Leutnant Júlio, kennengelernt.

Damals gab es noch keine Läden wie heute, und der Bus, der ins Stadtzentrum fuhr, verkehrte nur auf der Avenida Cantareira, der einzigen Asphaltstraße. Die Frauen schätzten die Besuche des Straßenhändlers mit seinen schönen Stoffen, Blusen und Nachthemden, die er ihnen auf Raten verkaufte. Diese Kundschaft faszinierte ihn; die Obstgärten mit den Jabuticaba-Bäumen, die Portugiesinnen in ihren Gärten voller Staudenkohl, die Mulattinnen; in Polen hatte er noch nie eine Mulattin gesehen. Er hörte sich die Geschichten der Frauen an, und es machte ihm nichts aus, wenn sie nichts kauften.

Beladen mit Kohlblättern und Bananenbüscheln kehrte er zurück. Kaum hatte er die Stute abgesattelt, besprach er mit seinem älteren Bruder, der im Nachbarhaus wohnte, die aufregenden Ereignisse des Tages, die unterschiedlichen Menschen, die er kennengelernt hatte. Danach schrieb er etwas darüber auf Jiddisch und veröffentlichte es in den jiddischen Zeitungen in São Paulo, Buenos Aires und sogar in New York. So wurde er bei den Juden im Stadtteil Bom Retiro bekannt. Einer davon vermittelte ihm einen Geschäftspartner mit etwas Geld, damit sie einen Laden eröffnen konnten. K. brachte die Kundschaft mit ein.

Inzwischen gab es schon mehr Asphaltstraßen. Jetzt kamen die Kunden zu ihm in den Laden. Sie verglichen den K. aus der Zeit vor dem Verschwinden der Tochter mit dem K. danach und fühlten mit ihm. Früher hatte K. ihre Geschichten hören wollen. Nun waren sie es, die sich sein Klagelied anhören mussten. Einer von ihnen, der Feldwebel Ademir, dessen Familie zu K.s alter Kundschaft gehörte, verriet ihm, dass in das Gefängnis der APMBB, der Akademie der Militärpolizei von Barro Branco, politische Häftlinge überführt worden waren. Eine Gruppe von ungefähr dreißig, sagte er. Vielleicht weiß ja einer von denen, was passiert ist? Der Kommandant, Oberst Aristides, war sein Schwager, vielleicht erlaubte er ja dem Alten, die Gefangenen zu besuchen, mit ihnen zu reden.

Obgleich die Hausordnung es nicht vorsah, erteilte der Kommandant die Erlaubnis, da K. mit keinem der Gefangenen verwandt war. Und da stand er nun, ein Beklommenheitsgefühl in der Brust, an einem heißen Samstagnachmittag, mit seinen Zigarettenschachteln und Schokoladentafeln. Große Bauten, die er nicht kannte, nahmen einen Teil der alten Koppel ein. Das dort ist das Krankenhaus der Militärpolizei, erklärte Feldwebel Ademir, der ihn begleitete, und zeigte auf ein mehrstöckiges Gebäude.

Die Haftanstalt lag weiter hinten, fast am Ende des großen Hofes. Es handelte sich um das eigene Gefängnis der Militärpolizei – erklärte der Feldwebel –, wo die straffällig gewordenen Polizisten saßen. Ein halbwegs isolierter Seitentrakt war für die politischen Häftlinge abgetrennt worden.

Bei jedem Schritt in die Richtung dieses Seitentrakts machte K. im Geiste einen Schritt zurück in die Zeit, in der er selbst in Polen im Zuchthaus gesessen hatte. Er erinnerte sich, wie sie ihn angekettet durch die Straßen von Włocławek geschleift hatten, um ihn vor den Geschäftsleuten zu erniedrigen. Auch jetzt schleppte er sich dahin, gebrechlich, wenn auch nicht angekettet. Er fühlte sich sehr müde. Vierzehn Monate waren seit dem Verschwinden seiner Tochter vergangen.

In Brasilien hatte er sich der gleichen zionistischen Partei angeschlossen, deren Mitbegründer er in Polen gewesen war – was ihm in seiner Jugend zwei Gefängnisaufenthalte eingebracht hatte –, doch er kümmerte sich fast nur um kulturelle Angelegenheiten, um die Pflege der jiddischen Sprache. All das, was er in diesen fünfzig Jahren gemacht hatte, war nichts anderes als eine Selbsttäuschung gewesen – so sah er es heute. Seine Bücher, seine Novellen, seine Erzählungen, seine Faszination gegenüber diesem Land am Ende der Welt, das letztendlich seine Tochter verschlungen hatte.

Er empfand den vorzeitigen Verlust der Tochter als eine Strafe, weil sein Herz immer für die Literatur geschlagen hatte, für die befreundeten Schriftsteller. Der älteste Sohn hatte sich bald von ihm abgewandt. Er hatte sein Elternhaus früh verlassen und sich nie mit seinem Vater ausgesöhnt. K. war nicht klargekommen mit seiner Aufmüpfigkeit, mit seinen Streichen in der Schule. Der andere Sohn war angepasst, aber verschlossen; er sprach wenig und war auch früh ausgezogen.

K. hatte seine Zuneigung der Tochter geschenkt. Alles, was er den zwei Söhnen und seiner krebskranken Frau nicht gegeben hatte, kompensierte er über die Tochter. Aber jetzt begreift er, dass diese Vorliebe für seine Tochter bereits eine Falle des Schicksals war, der Lauf der Tragödie, die dazu geführt hatte, dass er sich zunächst noch enger an seine Tochter band, nur, um sie danach zu opfern.

K. klammerte sich mit aller Kraft an seine Tasche mit den Zigarettenstangen und Schokoladentafeln. Sie näherten sich dem abgetrennten Seitentrakt, wo die politischen Häftlinge untergebracht waren. Die Sonne machte ihm zu schaffen. Mit der linken Hand zog er ein Taschentuch aus der Tasche und trocknete sich die Stirn. Dabei fiel ihm der heiße Frühling in Polen ein, als seine Mutter ihm zu Pessach das Essen ins Gefängnis gebracht hat. Sie waren zehn Geschwister, die alle an der Armutsgrenze lebten, aber die Mutter, unermüdlich, hat es sich nie nehmen lassen, ihm an den Besuchstagen ein Brot oder an den Feiertagen ein gekochtes Ei, ein besonderes Essen mitzubringen.

In jenem polnischen Gefängnis hatte er entdeckt, wie wichtig Zigaretten und Schokolade waren. Die hatte er jetzt dabei, für die Gefangenen in Barro Branco. In seiner Tasche hatte er seinen Ausweis, seine Erinnerungen, seine Abrechnungen; ein Lebenszyklus schloss sich, das Ende berührte den Anfang und dazwischen war nichts, fünfzig Jahre nichts. K. fühlte sich sehr müde. Die Beine machten schlapp, ihm war schwindlig. Auf den Arm des Feldwebels gestützt, erreichte er den Flachbau.

Die Gefangenen erwarteten ihn bereits; alles Männer, die meisten jung. Sie waren ordentlich gekleidet, das Gesicht rasiert. Doch K. erriet aufgrund ihres abgestumpften Gesichtsausdrucks, dass sie seit langer Zeit eingesperrt waren. Er kannte diesen Blick, der sich mit keinem anderen vergleichen lässt. Es war sein eigener Blick fünfzig Jahre früher.

Der Feldwebel erklärte, dass die Gefangenen durch einen Hungerstreik eine bessere Behandlung erstritten hatten, sie konnten sich frei in dem Gebäude bewegen, hatten eine gemeinsame Kantine organisiert, bekamen Unterricht und vieles mehr. Viele von ihnen waren Lehrer. Nach dieser Erläuterung ging der Feldwebel.

Sie bildeten einen Sitzkreis. K. setzte sich dazu. Er stellte seine Tasche auf den Boden und begann sogleich, seine Geschichte zu erzählen, die er schon so oft wiederholt hatte. Aber es war so, als erzählte er sie zum ersten Mal. Er sah den einen Gefangenen an, dann den anderen. Sein Redefluss war holprig. Zwischendurch rutschten ihm jiddische Wörter heraus. Wie einen Refrain wiederholte er, mayn tayer tekhterl – mein liebes Töchterchen. Er merkte, dass seine Aussprache wieder wie damals, in seinen ersten Brasilientagen, klang.

Schweigend hörten die Gefangenen zu. Den Blick unentwegt auf K.s brennendes Gesicht gerichtet, wie hypnotisiert von seinen rotgeschwollenen, tränenden Augen. Viele von ihnen sollten diesen Augenblick nie mehr vergessen. Das Leid des Alten rührte sie an. Einer von ihnen, Pedro Tierra, sollte Jahrzehnte später schreiben, »die verwitterte Gestalt eines alten Mannes, aufrecht gehalten von zwei Augen – zwei Flammen –, der Verkörperung der Verzweiflung«. Einige von ihnen hatten K.s Tochter und ihren Mann gut in Erinnerung, hatten der gleichen Untergrundorganisation angehört; alle kannten sie die Geschichte, einschließlich des Namens dessen, der sie verraten hatte. Sie wussten, dass sie schon lange tot war.

Plötzlich brach K. in Tränen aus. Die Gefangenen verfielen in Schweigen. Manche bekamen feuchte Augen. K. beugte sich nach vorn und schlug die Hände vors Gesicht. Es gelang ihm nicht, das Schluchzen zu unterdrücken. Er hatte zu nichts mehr Kraft. Er fühlte sich unglaublich müde. Da neigte er sich noch ein wenig mehr nach vorn und versuchte, die Zigarettenstangen und die Schokoladentafeln zu verteilen, die sich in der Tasche auf dem Boden befanden, vielleicht, damit das Weinen schneller verging.

In diesem Augenblick fiel er um.

Erschrocken sprangen die Gefangenen, die ihm am nächsten saßen, auf. Ohne die Zigarettenstange loszulassen, die er jetzt fest mit der linken Hand umklammert hielt, streckte K. sich auf dem Boden aus. Sein Atem ging schwer. Drei Gefangene schoben die Hände unter seinen Rücken, hoben ihn vorsichtig hoch und trugen ihn in dieser Stellung in die Nebenzelle, wo sie ihn auf eine der Pritschen legten.

Nach Luft ringend, hielt K. fast zehn Minuten lang die Augen geschlossen. Er keuchte. Dann schlug er die Augen auf und gewahrte die politischen Häftlinge um sich herum; hinter ihnen, oben an der Rückwand, sah er das wohlbekannte kleine Gitterfenster der Zelle, das Sonne und Freiheit versprach und von draußen hereinließ. Er fühlte sich in Frieden. Sehr müde, doch in Frieden. Er hielt den Gefangenen die Zigarettenpackung hin. Dann öffnete er die Hände und schloss die Augen.

## Postskriptum

Drei Jahrzehnte und etwas mehr sind nun schon vergangen. Vor zwei Monaten klingelte plötzlich hier in diesem Haus das Telefon und es wurde nach diesem meinem Sohn verlangt, der seine entführte und ermordete Tante nicht gekannt hat; es meldet sich eine Frauenstimme, sie stellt sich vor, nennt Vor- und Nachnamen, wohnt in Florianópolis. Sie sei vor kurzem aus Kanada zurückgekehrt, erzählt sie, wo sie Verwandte besucht habe, und während sie sich in einem Restaurant auf Portugiesisch unterhielten, sei eine Dame an sie herangetreten, habe sich als Brasilianerin vorgestellt und ihren vollständigen Namen genannt, den Namen der verschwundenen Tante. Die Frauenstimme hinterließ ihre Telefonnummer für weitere Kontakte.

Ich habe nicht zurückgerufen. Mir fielen die ersten Monate nach dem spurlosen Verschwinden ein; immer, wenn wir an einem sensiblen Punkt des Systems angelangt waren, erreichten uns die falschen Hinweise auf ihren Aufenthaltsort, die das Ziel hatten, uns kleinzukriegen und zu demoralisieren. Dieser Anruf – folgerte ich – ist eine Reaktion auf die vor wenigen Monaten von der OAB, der Brasilianischen Rechtsanwaltskammer, im Fernsehen verbreiteten Nachricht, in der die Umstände ihres Verschwindens von einer Theaterschauspielerin dargestellt wurden. Der Telefonanruf der vermeintlichen brasilianischen Touristin kam aus dem Repressionssystem, das unterschwellig noch aktiv ist.

São Paulo, den 31. Dezember 2010

Ich danke allen, die mich mit Kritik und Vorschlägen unterstützt haben: Avraham Milgram, Bernardo Zeltzer, Carlos Knapp, Flamarion Maués, Flávio Aguiar, Venício Lima und Zilda Junqueira. Insbesondere danke ich Dina Lida Kinoshita für die Hilfe hinsichtlich des Jiddischen und des Stadtplans von Warschau sowie Cláudio Cerri für die sprachliche Unterstützung in dem Kapitel »Die Hilfsbedürftigen«. Meiner Frau Mutsuko danke ich für alles.

# Anhang

## Anmerkungen

**Anielewicz, Mordechaj** (1919-1943): Jüdischer Widerstandskämpfer gegen den Nationalsozialismus und Organisator des Aufstands im Warschauer Ghetto.

**Benario-Prestes, Olga** (1908-1942): Frau von Luís Carlos Prestes, Generalsekretär der PCB, der Brasilianischen Kommunistischen Partei. Sie wurde als deutsche Staatsbürgerin von Präsident Getúlio Vargas 1936 nach Nazi-Deutschland abgeschoben und in Bernburg ermordet.

**Ben-Gurion, David** (1886-1973): Vorsitzender der sozialdemokratischen Arbeiterpartei des Landes Israel (Mapai) und Führer des Unabhängigkeitsprozesses; 15 Jahre lang erster Premierminister des Staates Israel.

**Berija, Lawrenti** (1899-1953): Chef der sowjetischen Geheimdienste während der stalinistischen Säuberungen.

**Chmelnyzkyj, Bohdan** (1796-1866): Anführer des Aufstands der ukrainischen Kosaken gegen die polnische Herrschaft. Während des Aufruhrs wurden die Juden massakriert.

**Der Sohar**: Fünfbändige Textsammlung und bedeutendstes Schriftwerk der Kabbala mit mystischen Kommentaren zu Texten der Torah und zur Entstehung des Universums.

**Di Zukunft:** In New York veröffentlichte jiddische Literaturzeitschrift.

**Dmowski, Roman** (1864-1939): Wichtigster Politiker der polnischen Rechten in der Zeit zwischen den beiden Weltkriegen, Antisemit und Sozialdarwinist.

**Dybbuk**: In der jüdischen Mythologie der Geist eines Toten, dessen Seele keine Ruhe findet und der sich an einen Menschen klammert, meistens, um ihn zu peinigen. Das Wort leitet sich von dem hebräischen davak (anhaften) ab.

**Elbrick, Charles Burke** (1908-1983): Amerikanischer Botschafter in Brasilien, der von Organisationen des bewaffneten Kampfes 1969 entführt und gegen die Freilassung politischer Häftlinge ausgetauscht wurde.

**Erets Yisro'el** [Das Land Israel]: von den Juden benutzte und bis heute noch gebräuchliche Bezeichnung für Palästina vor der Gründung des Staates Israel.

**Ferreira, Joaquim Câmara** (1913-1970): Nachfolger von Carlos Marighella an der Spitze der ALN (Ação Libertadora Nacional), einer der wichtigsten Gruppen des bewaffneten Kampfes gegen die brasilianische Militärdiktatur, 1970 in São Paulo ermordet.

**Fleury, Sérgio Fernando Paranhos** (1933-1979): Chef der Kriminalpolizei des Bundesstaats São Paulo (Deic), zunächst bekannt für die Anwendung gewaltvoller Methoden bei der Jagd nach »gewöhnlichen« Verbrechern; verantwortlich für die Todesschwadronen. 1968 vom DOPS São Paulo angefordert, um Regimegegner zu bekämpfen. Er ließ politische Häftlinge systematisch foltern und spurlos verschwinden. Fleury war verantwortlich für die Ermordung von Carlos Marighella und Joaquim Câmara Ferreira. 1979 ertrank er bei einem Unfall im Meer.

**Geoynim**: Religiöse Führer des Judentums während des babylonischen Exils, die Weisesten unter den Weisen.

**Habeas-Corpus-Akte:** Demokratisches Grundrecht, wonach kein Mensch ohne richterliche Entscheidung in Haft gehalten werden darf.

**Hagibor**: Im Hebräischen: Starker und mutiger Mensch, Held.

**Jiddisch**: Von den Juden Osteuropas gesprochen, erreichte das Jiddische seinen Höhepunkt zu Beginn des 20. Jahrhunderts, als es zur Literatursprache aufblühte; aufgrund des Holocaust und der Wahl des Hebräischen seitens der Gründer des Staates Israel erlitt es einen schnellen Verfall.

**Kaddisch**: Das wichtigste Gebet im Judentum, das während der Beerdigung von dem ältesten Sohn oder nächsten Verwandten gesprochen wird.

**Kheyder**: Traditionelle, religiös geprägte und in der Regel von einem Rabbi geleitete Schule der jüdischen Gemeinden Osteuropas.

**Kibuts**: Ländliche Kollektivsiedlung in Palästina bzw. Israel mit gemeinsamem Eigentum und basisdemokratischen Strukturen, stark von sozialistischen Lebensprinzipien geprägt, typisch für die ersten Jahrzehnte des 20. Jahrhunderts.

**Linke Poalei Tzion**: Wortwörtlich: Linke Partei der Arbeiter Zions, eine linke Abspaltung der Poalei Tzion, einer marxistisch-zionistischen Partei, die zu Beginn des 20. Jahrhunderts in Osteuropa gegründet wurde, nachdem der kommunistische Bund sich gegen den Zionismus gestellt hatte.

**Makhetonim**: Im jüdischen Gesetzbuch steht *makhetonim* für den Verwandschaftsgrad, der zwischen den Eltern der Ehepartner entsteht. In etwa wie Gevattersleute.

**Marighella, Carlos** (1911-1969): Gründer der ALN (Ação Libertadora Nacional), einer der wichtigsten Gruppen des bewaffneten Kampfes gegen die brasilianische Militärdiktatur. Er galt als *Öffentlicher Feind Nummer Eins* und wurde 1969 in São Paulo ermordet, als er sich seiner Gefangennahme widersetzte.

**Matseyve**: Grabstein, der in der Regel ein Jahr nach der Bestattung gesetzt wird.

**Mischneh Torah**: Eines der Hauptwerke des Philosophen Moses Maimonides (1138-1204), das eine Systematisierung des jüdischen Rechts beinhaltet.

**Murawjow-Wilenski, Michail Nikolajewitsch** (1796-1866), Russischer Infanteriegeneral, der 1863 den polnisch-litauischen Aufstand niederschlug und Hunderte von Personen durch Erhängen hinrichten ließ.

**Taharah**: Obligatorische Leichenwaschung zur Herstellung der rituellen Reinheit des Körpers vor der Bestattung.

**Talmud**: Von den Rabbinern zusammengetragenes Schriftwerk, das zeigt, wie die Regeln der Torah in der Praxis umgesetzt werden sollen.

**Tisha B'Av**: Im jüdischen Kalender wortwörtlich der neunte Tag des Monats Av, der als verflucht gilt.

**Torquemada, Tomás de** (1420-1498): Großinquisitor der Königreiche Aragonien und Kastilien, der die Ausrottung der konvertierten Juden angeführt und zirka 1200 Schauprozesse angestrengt hat, in denen die »Häretiker« verbrannt wurden.

**Ulica Marszałkowska**: Marschallstraße, eine andere Form der Ehrerweisung an Józef Piłsudski (1867-1935).
**Walsin-Esterházy, Marie Charles Ferdinand** (1847-1923): Französischer Offizier, der Geheimnisse an Deutschland verkauft hatte, was irrtümlicherweise dem jüdischen Offizier Dreyfus zugeschrieben wurde.
**Wilna**: Hauptstadt Litauens mit einem hohen Anteil von Juden, deren Mehrheit während der deutschen Besetzung im Ghetto Wilna eingesperrt und ausgerottet wurde.
**Włocławek**: Kleine Stadt in Westpolen, wo im Oktober 1939 der Judenstern in Form eines gelben Winkels eingeführt wurde, das erste Mal im deutschen Machtbereich. Die jüdische Bevölkerung wurde zunächst in Ghettos zusammengezogen und zwischen 1942 und 1944 in den Vernichtungslagern Chełmno und Auschwitz ermordet.

## Abkürzungen

**ALN Ação Libertadora Nacional**: Nationale Befreiungsaktion
**ALN/RJ Ação Libertadora Nacional/Rio de Janeiro**: Nationale Befreiungsaktion/Rio de Janeiro
**APMBB Academia de Polícia Militar do Barro Branco**: Akademie der Militärpolizei Barro Branco
**DOI-CODI Destacamento de Operações de Informações – Centro de Operações de Defesa Interna**: Sonderkommando Geheimoperationen – Operationszentrum Innere Verteidigung
**DOPS Departamento de Ordem Política e Social**: Polizeiabteilung für Politische und Soziale Ordnung
**GTA Grupo Tático Armado**: Bewaffnete Taktische Einsatzgruppe
**INSS Instituto Nacional do Seguro Social**: Staatliches Institut für Soziale Versicherung
**OAB Ordem dos Advogados do Brasil**: Brasilianische Rechtsanwaltskammer
**OEA Organização dos Estados Americanos**: Organisation Amerikanischer Staaten – OAS
**PM Polícia Militar**: Militärpolizei
**USP Universidade de São Paulo**: Universität São Paulo
**VPR Vanguarda Popular Revolucionária**: Revolutionäre Volksfront
**ZOB**: Zentraler Omnibusbahnhof